HELEN MARIE ROSENITS

GESCHICHTEN
REALITÄT UND FANTASIE

Erstauflage

Buch

Erzählungen aus dem täglichen Leben und dem Kino im Kopf. Vielleicht nur Märchen oder doch Wirklichkeit? – Wer weiß das schon, wenn alle Grenzen fließend sind.

Widmung

Ich widme dieses Buch dem Leben, das so viele Facetten beinhaltet und Inspirationen liefert.

Das Leben, das einen formt, herausfordert, prügelt, liebt, motiviert, lobt, ermahnt, auf Flügeln trägt, in Abgründe stürzt, Hoffnung gibt, demütig macht, lachen und weinen lässt.

Und das so endlich ist, obwohl wir uns verhalten, als ob es unendlich wäre.

Ich widme es aber auch der Fantasie, die den Alltag erträglich macht, uns in jede beliebige Situation hineinversetzt und uns zu träumen verleitet. Sie lässt uns fliegen, durch Zeit und Raum, transferiert uns in andere Welten und andere Wesen. Sie ist der Polster, der Rettungsanker und die Stütze in der Realität des täglichen Einerleis.

Helen Marie Rosenits

Geschichten
Realität und Fantasie

ERZÄHLUNGEN

Impressum

© 2024 Helen Marie Rosenits, 2620 Neunkirchen, Österreich
Cover-Layout und Layout: © Maxi Schwarz
Cover und andere Bilder: erstellt mit Ressourcen von Pixbay.com und eigenen
Verlag: BoD • Books on Demand GmbH, In de Tarpen 42, 22848 Norderstedt
Druck: Libri Plureos GmbH, Friedensallee 273, 22763 Hamburg
ISBN: 978-3-7597-8703-3

Bibliografische Information der Deutschen Nationalbibliothek
Die Deutsche Nationalbibliothek verzeichnet diese Publikation in der Deutschen Nationalbibliografie, detaillierte bibliografische Daten sind im Internet unter http://dnb.dnb.de abrufbar.

Inhalt

GESCHICHTEN

1 - 3

GESCHICHTEN

Mairead

Die verschwundene Zeit

Die alte Frau mit den
Zündhölzern

4 - 6

Über die Autorin

Helen Marie Rosenits studierte Jus an den Universitäten Wien und Salzburg, promovierte an der Paris-Lodron-Universität. Sie arbeitete in verschiedenen Bereichen, betreute ihre Blogs und verfasste Artikel für die Zeitung ihres Hundevereines, bis sie ihrer Leidenschaft nachgab, und auch Romane zu schreiben begann. Heute lebt sie mit ihrem Mann und ihrem Hund in Niederösterreich.

www.helenmarierosenits.at

http://helenmarierosenits.blogspot.com

https://www.facebook.com/profile.php?id=1000106222 82861/

https://www.instagram.com/helen_marie_rosenits

Erklärung

Artikel in Zeitungen, Berichte in Illustrierten, Erzählungen von Familie und Freunden, Erlebnisse von Bekannten und eigene Erfahrungen sowie Beobachtungen – alles vermischt, durch Fantasie in einem neuen Puzzle zusammengefügt, in Worte gekleidet und als Roman niedergeschrieben.

Alle Ereignisse in diesem Roman sind frei erfunden. Namen, Charaktere und Geschehnisse entspringen der Vorstellungskraft der Autorin oder wurden in einen fiktiven Kontext gesetzt und bilden nicht die Wirklichkeit ab. Jede Ähnlichkeit mit lebenden oder toten Personen, tatsächlichen Ereignissen oder Organisationen ist rein zufällig.

EINE LIEBE IN PARIS

Claire-Paulette Lefort griff mit zitternden Fingern nach dem Brief, den ihr der Notar entgegenhielt.

Er trug die Handschrift ihrer Mutter und war versiegelt – mit rotem Nagellack.

Sie lachte kurz auf – trotz ihrer Trauer und dieses Gefühls aus Beklemmung, Neugier und Angst. Das war typisch Maman, sie hatte sich immer zu helfen gewusst, war einfach unkonventionell gewesen.

Es tat noch immer so weh, von ihr in der Vergangenheit zu denken, so unbegreiflich, so irreal. Doch dieses Papier, das sie erst nach deren Ableben erhalten sollte, lag wie Stein so schwer in ihrer Hand.

Sie spürte die Kälte, die ihr Herz seit jenem Tag im November umklammert hatte und jetzt in ihre Extremitäten flutete, fühlte ihren Pulsschlag, das einzige Zeichen, dass sie noch lebte, obwohl sie sich innerlich wie tot vorkam.

Haltung bewahren, ermahnte sie sich, auch diese Minuten würden vorübergehen.

Sie steckte das Schreiben unbeholfen in ihre Handtasche. Nein, sie würde die Worte nicht hier in diesem nüchternen Büro lesen, sondern später zu Hause oder auf der abseits gelegenen Bank an der Seine. Vielleicht auch nicht gleich, vielleicht erst in ein paar Tagen.

Was mochte der Inhalt sein? Warum hatte ihre Mutter nicht mit ihr darüber gesprochen? Sie hatten sich doch sonst immer alles erzählt, waren sogar wie Freundinnen gewesen. Und trotzdem würde es sich wie ihre Stimme aus dem Jenseits anfühlen.

Nun kroch Claire-Paulette die Kälte auch über den Rücken, ließ sie frösteln. Die Wärme der Eltern war ihr für immer verloren gegangen und sie bezweifelte, ob jemals mehr in ihrem Leben ihr etwas oder jemand würde so viel Sonne oder Freude bringen, dass sie erneut dieser Mantel aus Zuneigung, Behütetheit und Vertrauen wärmen würde.

Was sie dem Notar geantwortet und wie sie sich in den winterlichen Straßen von Paris wiedergefunden hatte, sie hätte es später nicht mehr zu sagen vermocht. Erst der Wind, der sich durch ihren Mantel fraß, holte sie zurück in die Gegenwart und ihr Alleinsein überkam sie mit ungeheurer Wucht. Die leuchtenden und glitzernden Weihnachts-Dekorationen, die das Stadtbild erobert hatten, wirkten wie Hohn auf sie und schienen ihre Sehnsucht nach familiärer Geborgenheit zu verspotten.

All ihre Gedanken konnten nur mehr die Ewigkeit erreichen und ihre Arme nur kalten Marmor umfassen. Ihre geliebte Mutter und ihr geschätzter Stiefvater waren Terroropfer geworden, zwei von neunzig, eine banale Zahl in der Jahres-Chronik von 2015.

Wieso konnte sich die Welt einfach so weiterdrehen, als ob nichts gewesen wäre?

Ja, sicher, die Medien füllten sich mit Fakten, wirklichen oder erfundenen Geschichten und zum

Teil scheinheiligen Beteuerungen. Mitleid war auch ihr entgegengeschwappt und irgendwann konnte sie ehrlich von vermeintlich nicht mehr unterscheiden.

Doch aus diesem finsteren Loch, in das sie nach dem Anschlag im Bataclan gestürzt war, holte sie niemand heraus, kein Mitgefühl, keine Neugier, kein Beileid.

Sie saß wie festgewurzelt darin, griff tastend die brüchigen Wände entlang und hatte keine Ahnung, wie oder wann sie einen Weg, und sei es noch so ein schmaler oder steiniger, herausfinden würde.

Bei jedem Heimkommen stürzten die Erinnerungen auf sie ein, begruben sie und entließen sie kraftlos in jede Nacht.

Sie war so froh gewesen, neben ihren Eltern wohnen zu können, doch nun fühlte es sich wie ein Fluch an. Eine tägliche Hölle, deren Feuerschmerz Teile von ihr aufgefressen hatte, um sie eines Tages beinahe gefühllos erwachen zu lassen. Sie war erstarrt – wie kalte Lava, konnte nicht weinen und hätte doch Meere an Tränen vergießen mögen.

Sie lief durch die winterlichen Straßen, ohne Ziel durch die Stadt der Liebe. Bei diesem Prädikat zog sich ihr Denken zusammen, krümmte sich um den Begriff l'amour, zerlegte ihn, sezierte die damit verbundenen Erinnerungen.

Wie konnte so viel Hass entstehen? So viel Gewalttätigkeit, so viel Tod, außerhalb eines anerkannten Krieges. Sie war keine Soldatin, war im Frieden groß geworden und stand hilflos diesem Terror gegenüber.

Und doch hätte sie in diesen letzten Wochen am liebsten um sich geschlagen, mit einem Messer auf einen imaginären Gegner eingestochen oder mit einer Waffe auf die wirklich Schuldigen geschossen. Dabei wäre es ihr gleichgültig gewesen, sich auch des Tötens schuldig zu machen, bloß um diese quälende Ohnmacht und diesen brennenden Schmerz zu mildern. Sie verstand das falsche Denken und den Wahnsinn hinter den Taten.

Tod – im Namen eines Gottes, den man im selben Atemzug um Erbarmen und Gnade anflehte.

Vergeben? Nein, das konnte sie nicht, nie.

Müde stieg Claire-Paulette die Stufen in ihrem Mietshaus hinauf, ließ wehmütig ihren Blick über die finstere Wohnung neben ihrer schweifen und öffnete ihre eigene Eingangstüre. Ohne Licht zu machen, legte sie ihre Tasche ab, griff hinein und zog den versiegelten Brief hervor. Dann tastete sie nach dem Schlüssel zum Dachboden und machte sich auf den Weg. Ja, dort oben, den Sternen näher, wollte sie die Zeilen lesen.

Sie setzte sich auf das alte, ausrangierte Sofa und zündete die Kerzen an, die auf dem ramponierten Bistro-Tisch wie Soldaten in einer Reihe aufgestellt waren. Daneben stand noch die Vase mit getrockneten Rosen, die ihre Mutter hier heroben aufgehoben hatte, weil sie eine besondere, liebevolle Erinnerung für sie bedeutet hatten. Durch einen leichten Luftzug wehte ein wenig Staub von den Blütenköpfen, wie ein zarter Nebel der Vergänglichkeit.

Zögernd tasteten ihre Finger nach dem Nagellack und erbrachen die blassrote Farbe. Dann zog sie die Briefseiten heraus, entfaltete sie und begann zu lesen.

An meine Tochter Claire-Paulette Lefort.
Liebe Paulette!
Diese meine Worte werden dich erst erreichen, wenn ich tot bin. Ich schreibe sie an meinem 50. Geburtstag, in

der Hoffnung, auch das Alter deiner Urgroßmutter zu erreichen. Dann hätte ich noch die Hälfte vor mir, doch die Erfüllung meines Wunsches liegt in anderen Händen als den schwachen der Menschen.

Ich habe dich so erzogen, dass ich nicht nur heute stolz auf dich bin, sondern beinahe jeden Tag deines Lebens. Auch dein leiblicher Vater würde Freude über das Ergebnis meiner Bemühungen empfinden. Da bin ich mir sicher.

Als Pierre und ich dir die Wahrheit erzählt haben, hast du dich vehement geweigert, mit ihm Verbindung aufzunehmen. Du warst verletzt, gekränkt, enttäuscht und hast in all den Jahren jeden meiner Versuche, vorsichtig das Thema zur Sprache zu bringen, entschieden abgeblockt.

Ich konnte dich verstehen.

Und doch war ich traurig, dass du nie wissen wolltest, wieso ich mich in ihn verliebt hatte. Nie warst du neugierig, wie er ausgesehen oder welche Charakterzüge er gehabt hatte. Meine, unsere Liebesgeschichte hat dich nicht interessiert, obwohl sie der Grund war, warum du auf der Welt bist, denn ich habe in ihm den Mann gesehen, zu dem er heute geworden sein wird. Ich weiß es.

Paul Santner ist die große Liebe meines Lebens, ein

Teil meines Herzens wird immer ihm gehören. Es sind ganz spezielle Zimmer der Erinnerung, die ich mit niemandem teilen will, auch nicht mit dir. Dort ist jenes Glück versperrt, das einem vielleicht nur einmal im Leben geschenkt wird, ohne Grenzen, ohne Scham, ohne Ende.

Und um dieser Einzigartigkeit willen bitte ich dich aus tiefstem Herzen: Begegne deinem Vater. Nimm nach meinem Tod Kontakt mit ihm auf. Bitte!

Wenn du dies liest, bin ich nicht mehr am Leben, kann dich nicht beeinflussen. Du wirst frei sein, in deinem Kennenlernen, deiner Beurteilung und – hoffentlich – Wertschätzung. Mit allem, was in mir ist, hoffe ich inständig, dass du Paul eines Tages deine Zuneigung schenkst und vielleicht auch deine töchterliche Liebe.

Ich wünsche dir die Sterne vom Himmel, den ewigen Sonnenschein im Herzen und nur weiche Watte auf deinen Wegen.

Das wäre übertrieben, meinst du? Ja, sicher, aber ein Mutterherz will nur das Beste für sein Kind und es ist immer zu früh, dieses verlassen zu müssen.

Vergiss nicht, wenn ich nicht mehr bin, du hast noch einen Vater; zwar nicht hier, aber du brauchst ihn nur zu rufen. Erfülle mir diesen einzigen, letzten Wunsch, meine geliebte Paulette.

In Gedanken umarme ich dich ein letztes Mal, küsse

dich innig und selbst in der Ewigkeit werden dich meine Gedanken stetig umkreisen.

Ich liebe dich, meine Paulette.

Deine Mutter, Manon-Catherine

Der Papierbogen begann zu zittern und fiel mit leisem Rascheln zu Boden. Claire-Paulette starrte ihm nach und das Bild verschwamm langsam vor ihren Augen. Tränen begannen sich ihren Weg zu bahnen, vorsichtig zuerst und dann in einer nicht zu stoppenden Flut, begleitet von immer lauter werdendem Schluchzen, das dem Innersten endlich Erleichterung brachte und den tief sitzenden Schock verdrängte, der sie so lange gefangen gehalten hatte.

Waren es Minuten oder Stunden? Claire-Paulette war jedes Zeitgefühl abhanden gekommen. Sie wusste nur, sie war doch nicht allein. Weihnachten gab es auch für sie, dieses zarte Flämmchen der Zuversicht. Ja, sie wollte den Wunsch von Manon, ihrer Mutter, erfüllen. Irgendwann im neuen Jahr würde sie Paul, ihrem Vater, schreiben und ihn einladen, zu ihr zu kommen. Es würde schwer sein, ihm völlig unvoreingenommen zu begegnen, aber sie würde ihnen beiden die Chance geben, sich gegenseitig zu entdecken und vor allem sollte er ihr auch seine Seite der Geschichte erzählen.

Zum ersten Mal seit Wochen zauberte sich ein kleines Lächeln in ihr Gesicht, das aus dem Herzen kam; von tief drinnen, genährt aus Liebe und Hoffnung – wie Weihnachten.

Nachdenklich starrte Paul ins flackernde Licht der Kerzen auf dem Tisch, deren Schein sich glitzernd in den Kugeln des kleinen Christbaumes brach. Dieses Jahr war er nicht allein, sondern bei Hanna, seiner Geliebten, seiner verheirateten Geliebten. Im Hintergrund ertönten Melodien der ‚Celtic Christmas‘-CDs und Wärme durchströmte ihn – vom an ihn gelehnten Körper Hannas und vom absoluten Frieden in seinem Herzen. Nur ein einziger Schatten streifte seine Gedanken.

Nach einem tiefen Luftholen fragte er leise: „Weißt du eigentlich, warum ich zu Weihnachten immer in Spitäler zu Lesungen und Besuchen gehe?"

„Wegen deiner sozialen Ader?", kam es von Hanna unsicher retour.

„Nein, weil ich mein schlechtes Gewissen zum Schweigen bringen wollte und glaubte, mich mit ein paar Stunden Nächstenliebe von Schuld freikaufen zu können. Und weil ich nicht bereit war, nachzudenken – an die Vergangenheit. Was ich vielleicht versäumt habe oder anders hätte machen sollen."

Langsam drehte er sein Glas zwischen seinen langen Fingern und beobachtete die goldgelbe, kreisende Flüssigkeit der Spätlese, wie ein Wirbel, der emporsteigen und sich nicht länger in der Tiefe verstecken mochte.

„Jetzt sitze ich da und du hast Schuld, dass alles Verdrängte aus den hintersten Winkeln auftaucht und mich überrollt."

Hanna runzelte die Stirn, halb verärgert über die Unterstellung, und setzte zu ihrer Erwiderung an: „Wohl kaum. Ich bin vielleicht der Auslöser, aber die Dämonen sitzen in dir. Und du kannst ihnen nicht ewig davonlaufen, nicht deinen Erinnerungen, nicht deinen Entscheidungen, nicht deinem bisherigen Leben."

„Ich weiß", seufzte Paul und fuhr mit leiser, beinahe monotoner Stimme fort.

„Weihnachten erinnert mich immer an meine Zeit in Paris, diese Unbeschwertheit, Leichtigkeit und leuchtende Kinderaugen.“

Er zögerte kurz.

Sollte er weiterhin sein Geheimnis wahren? Nein, Hanna verdiente Offenheit, so kam es ihm nun leise und rau über die Lippen.

„Ich habe eine Tochter dort, die ich schon seit fünfundzwanzig Jahren nicht gesehen habe.“

„Eine Tochter?“, klang es fast tonlos an sein Ohr.

„Ja, Manon-Catherine, sie war meine erste große Liebe und fünf Jahre älter, habe sie in einem Bistro kennengelernt“, lächelte er entschuldigend.

Paul sammelte seine wirren Erinnerungen, konzentrierte sich und fuhr fort.

„Ich habe an ihrer Hand Paris erobert. Stundenlang haben wir in Cafés geplaudert, wollten die Welt mit unseren sprudelnden Ideen verbessern und haben vage Zukunftsträume in den Himmel fliegen lassen. Jung, naiv und in der Überzeugung, dass alles möglich wäre.“

Er lachte bitter auf.

„Wir sind im Bois de Boulogne spazieren gegangen oder auf den Treppen des Montmartre gesessen und die Seine entlang geschlendert. Haben in Bistros kleine Imbisse zu Festessen gemacht und die letzten Centimes für bezaubernde Nichtigkeiten und Souvenirs unserer Liebe ausgegeben.“

Nun schmunzelte er, wobei die Fältchen neben den Augen sich zu Fächern ausbreiteten.

„Das Leben war schön, leicht, spritzig, ohne Verantwortung oder viele Fragen nach dem Morgen. Wir haben uns angesehen und gewusst, was der andere dachte, haben über die gleichen Dinge gelacht und uns bis zur Erschöpfung geliebt. Die Sonne schien strahlender mit ihr an meiner Seite und die trüben Tage heller.“

Er machte eine vage Geste.

„Die Stadt der Liebe war unsere Bühne und alle Straßen, Plätze und Boulevards unsere Kulisse.“

Die Magie dieser ersten Liebe hing nach seinen Worten in der Luft, spürbar wie ein Hauch Unvergänglichkeit. Paul schüttelte unmerklich seinen Kopf, verdrängte die Beklemmung, sprach weiter: „Aber sie wollte, dass ich bei ihr bleibe und mir einen Job in Paris suche; dass wir zusammenziehen und ein Kind bekommen sollten. Doch es war mir zu früh, mit gerade mal zwanzig Jahren. Verdammt!“

Temperamentvoll schlug er mit den Händen aufs Sofa.

„Ich hatte keine Lust, mich zu binden. Ich wollte

frei sein, noch etwas von der Welt sehen. Nicht in ein Arbeitsjoch oder gesellschaftliche Zwänge hineingepresst werden."

Frustriert stieß er die Luft aus.

„Es würde für mich doch noch so viele Möglichkeiten geben, dachte ich mir, unzählige Wege vielleicht offen stehen. Ich fühlte mich bedrängt, zu einer Entscheidung genötigt. So etwas wie Panik überkam mich."

Hastig trank er einen Schluck.

„An dem Wochenende, an dem sie mich ihren Eltern vorstellen wollte, bin ich mit dem Zug nach Südfrankreich geflüchtet. Ich wollte einfach nur weg, von ihrer Vereinnahmung, ihren Erwartungen und nicht zuletzt ihrer erdrückenden Liebe."

„Und was war dann?", fragte Hanna ganz leise.

„Ich bin fast ein ganzes Jahr ziellos durch die Départements gestromert", zuckte Paul die Schultern, „hab mich nur sporadisch bei meinen Eltern gemeldet, ihre Bitten um meine Rückkehr ignoriert und ihre Berichte über sich stapelnde Kuverts einer Manon aus Paris verdrängt."

Unbehaglich blickte er zu Hanna auf.

„Erst nachdem ich Monate später wieder zu Hause war, habe ich all die Briefe von Manon-

Catherine gelesen: sehnsuchtsvolle, bittende, wehmütige, traurige, schließlich wütende und sogar zornige Zeilen. Und irgendwann die Mitteilung, dass sie meiner Tochter das Leben geschenkt hätte und sie ganz bewusst auf den Namen ‚Claire-Paulette‘ getauft habe, in Erinnerung an helle, freudvolle Zeiten und ihren davongelaufenen Vater.“

Ein resignierendes Seufzen zitterte im Raum, bis sich Paul räusperte. Er hatte keine Ahnung, ob ihn Hanna wirklich verstehen konnte oder es zumindest versuchen würde.

Unsicher fuhr er fort: „Ich wusste einfach nicht, was ich ihr antworten sollte. Wie etwas erklären, das sie als eine in eine liebevolle Familie eingebettete Frau vielleicht nicht verstanden hätte. Diese Angst vor einem Korsett, dem ich doch gerade erst aus meinem Elternhaus entronnen war. Sie hätte es vermutlich nicht als Entschuldigung angenommen. Verflixt, ich wollte ihr ja nicht weh tun, aber mich auch nicht einfangen lassen – in einen beengenden Alltag voller Rücksichtnahme, Pflichten und Sorgen. Und ein Kind konnte ich mir schon gar nicht vorstellen.“

Paul schnaubte.

„Da gab es plötzlich ein winziges Wesen, das ein

Teil von mir sein sollte? Für das ich Verantwortung übernehmen müsste, wo ich doch selbst noch auf der Suche nach einem Weg durchs Leben war."

Voller Zweifel schüttelte Paul seinen Kopf, fuhr sich mit seinen Händen über sein Gesicht, unübersehbare Selbstanklage und Zerrissenheit im Blick.

„Meiner Mutter hab ich dann das mit meinem Kind gestanden. Und sie hat alles in die Wege geleitet, sodass sich unser Familienanwalt all die Jahre um die Angelegenheit gekümmert hat."

„Mehr nicht?", stammelte Hanna fassungslos.

„Doch, schon", gestand Paul. „Mit ungefähr fünf Jahren und dann mit circa zehn habe ich meine Tochter kurz gesehen, als ich in Paris war. Ich habe mich überwunden und den Kontakt gesucht."

Unbehaglich zog Paul leicht die Schultern hoch.

„Eine Schwester von Manon hat mich wie zufällig in einem Café getroffen. Ich war einfach nur ein Onkel aus Österreich, der zu Besuch kam und ein paar Stunden mit ihnen spazieren ging. Als Paulette klein war, starrte sie in einer der Auslagen ganz begeistert eine Puppe à la ‚Madame de Pompadour' an. Ich kaufte sie ihr und drückte sie ihr beim Abschied in die Hand. Erklärte ihr, dass sie später in der Schule über Versailles lernen würde und dann daran denken sollte, dass in meiner Heimatstadt auch so ein großes, beeindruckendes Schloss namens ‚Schönbrunn‘ stehen würde. Vermutlich war ihr meine belehrende Bemerkung in dem Moment herzlich egal.“

Paul lachte kurz auf und sah für Sekunden den vorwurfsvollen Blick und die kindliche Freude in der Miene seiner Tochter vor sich.

„Bei meinem zweiten Zusammentreffen war wieder ihre Tante dabei, doch diesmal hatte ich ihr ein Geschenk von zuhause mitgebracht – ein silbernes, früher so beliebtes Bettelarmband mit zwei Anhängern dran, einem Schutzengel und einem kleinen Herzen.“

„Irrtum“, korrigierte Hanna ihn. „Nicht nur früher war so ein Schmuckstück heiß begehrt. Wenn ich an die Erinnerungsbänder von ‚Pandora‘ oder ‚Thomas Szabo‘ und all den anderen, die so bereitwillig auf jeden Zug der Zeit aufspringen, samt der Fülle an passenden Charms denke, hat sich der Trend von früher gerade wiederbelebt.“

Sie nahm einen Schluck aus ihrem Glas und stellte Paul die Frage, die ihr die ganze Zeit über auf der Zunge lag: „Warum ist Manon nicht selbst gekommen, um mit dir zu reden?“

Kurz blickte er aus seiner Versunkenheit auf, antwortete ihr bereitwillig: „Keine Ahnung. Unter Umständen war sie mir immer noch böse oder wollte nicht an früher erinnert werden, oder sie wollte mich als jungen Mann von zwanzig im Gedächtnis behalten. Ich weiß es nicht.“

Ahnungslosigkeit stand ihm ins Gesicht geschrieben, wegen fehlender Antworten auf nie gestellte Fragen.

„Manon-Catherine hat einen sehr netten, zehn Jahre älteren Franzosen geheiratet, der sie immer schon heimlich verehrt hat. Ich habe ihn ein paar Mal gesehen und seine unbeholfenen Avancen sehr wohl bemerkt. Er konnte diese, genauso wie seine begehrlichen Blicke, recht gut tarnen. Zudem hatte er eine vereinnahmende, sogar herrische Ader, die auch ich zu spüren bekam.“

Zornig ballte Paul seine Hände zu Fäusten, entspannte langsam wieder die Finger.

„Doch auch in der Zweisamkeit mit seiner Frau? Vielleicht, vielleicht auch nicht, alles nur Spekulation.“

Resignation huschte über Pauls Antlitz, während sich seine Stimme um einen neutralen Ton bemühte.

„Wenigstens ist Pierre der Vater gewesen, der ich nie geworden wäre, zumindest damals nicht. Da die beiden das Kind nicht mit der komplizierten Familiensituation belasten wollten, hab ich später, als die Kleine nicht mehr so unbekümmert war, jeden weiteren Kontakt vermieden. Nur meine Mutter ist, getarnt als österreichische Verwandte, öfters zu ihr geflogen, war ganz vernarrt in ihre Enkelin. Bis sie dann den tödlichen Unfall hatte, da war Claire-Paulette gerade sechs geworden."

Paul trank sein Glas leer, schenkte sich wieder nach und stellte die Flasche auf den Tisch zurück.

Er wollte seine Geschichte beenden, konnte die Nuance von Missmut, Zorn und Ohnmacht in seiner Stimme jedoch nicht unterdrücken: „An ihrem achtzehnten Geburtstag hat ihr Pierre dann erzählt, dass er nur ihr Stiefvater sei und ihr richtiger Vater in Wien leben würde. Nach dieser Eröffnung hat sich meine Tochter vehement geweigert, mit mir Kontakt aufzunehmen. Sie erklärte, dass sie nichts von mir wissen wolle, weil ich sie offenbar für vollkommen unwichtig in meinem Leben hielte. Temperamentvoll versicherte sie, dass sie keinen anderen Vater als Pierre akzeptieren würde und ich mich wirklich-vraiment zum Teufel scheren könne."

Die Zurückweisung schmerzte noch immer, genauso wie die Beleidigung. Stockend erzählte Paul weiter: „Ihre Mutter hat mir das in einem Brief lapidar mitgeteilt, mich auf einen unbestimmten Tag in der Zukunft vertröstet, an dem mich mein Kind würde vielleicht doch kennenlernen wollen."

Abrupt stellte er sein Glas ab, sah Hanna in die Augen.

„War es in Paulette der Schock über die Wahrheit? Oder wollte sie einfach keine Komplikation in ihrem bis dahin wohlgeordneten Leben? Wollte vielleicht bewusst ignorieren, dass da ein zweiter Teil an Genen neben denen ihrer Mutter bestand?"

Paul raufte sich durchs Haar.

„Ich weiß es nicht. Es ist eine sinnlose Frage, die zu nichts führt."

Er warf seinen Kopf zurück und lehnte ihn an die Rückwand des Sofas, die Augen geschlossen. Seufzend gestand er: „Da habe ich das Kapitel abgehakt, weggesperrt in die Tiefen meiner Erinnerung und mich nachhaltig geweigert, auch nur für kurze Momente drüber nachzudenken. Bis jetzt, bis zu dir."

„Jetzt ist die Flucht zu Ende und du bist bereit,

dich der Wahrheit zu stellen. Hast aber keine Ahnung, wie oder auf welche Weise", murmelte Hanna. „Da bin ich genau so ratlos", schob sie resignierend nach. Sie wollte ihm Trost geben, ihn mit Worten stärken. Flüchtig dachte sie an ihre eigene Kinderlosigkeit, sodass ihre Sätze jetzt ohne langes Nachdenken hervorsprudelten: „Aber du hast jemanden auf der Welt, der deine große Bibliothek eines Tages vermutlich schätzen wird. Deine Bücher lesen und wissen wird, dass sie von ihrem Vater geschrieben worden sind. Du hast immer noch die Chance, deine Tochter kennenzulernen; zu sehen, ob sie dir ähnlich schaut oder vielleicht Charakterzüge vererbt bekommen hat. Du bist so reich, zu wissen, dass ein Teil von dir weiterleben wird."

Hanna schluckte schwer.

„Und nicht alles zu Ende ist oder jede Spur von dir bald verweht. Niemand wird dein gelebtes Leben ignorieren und mit einem Federstrich alles vernichten, was dein Lebensinhalt, deine Hingabe oder deine Liebe war, denn du hast ein Kind, das dies alles eines Tages erfahren wird wollen."

Soeben war Paul in Paris gelandet. Würde Claire-Paulette Lefort, seine Tochter, ihn wie vereinbart abholen kommen?

Noch eine Rolltreppe hinunter. Sein Magen zog sich zusammen, Übelkeit stieg von seiner Mitte in den Hals hoch und ließ ihn schwer schlucken. Er kannte dieses Gefühl nicht. Oder doch? Lang zurück, vor Schularbeiten, für die er sich ungenügend vorbereitet, oder Prüfungen, die er zu leicht genommen hatte, war es ihm ähnlich gegangen. Nur gab es heute keine Schummelzettel oder Klassenkollegen, die ihm wohlmeinend einsagen würden. Kein jovialer Mentor noch profitorientierter Verlagsleiter oder überzeugte Lektorin war an seiner Seite. Keine Hanna, die bestätigend seine Hand drückte oder ihm einen verstohlenen Kuss auf die Wange hauchte.

Er war allein, so entsetzlich allein, ging Schritt für Schritt weiter in die Ankunftshalle und seine Augen huschten suchend umher. Plötzlich blieb sein Blick an einer Person hängen und alles um ihn herum verschwamm, wurde wesenlos.

Der Moment katapultierte ihn zurück und Paul war wieder zwanzig. Manon stand da, zierlich und mit doch so weiblichen Kurven, das Haar in einem wuscheligen Kurzhaarschnitt umrahmte das ovale Gesicht, aus dem das satte Samtbraun der Augen hervorstach und das Dunkelrosa des Mundes perfekt ergänzte. Diese prall gewölbte Unterlippe, die ihn zum daran Knabbern verführt hatte, erinnerte ihn zugleich an die weich gepflegte, von der Sonne geküsste Haut und seine Finger darauf, zärtlich auf Erkundungssuche und Eroberung.

Fuß um Fuß vorwärts, tastend, um den lang zurückliegenden Traum nicht zu vertreiben, der die negativen Eindrücke längst verdrängt hatte, um das Zarte und Einmalige der ersten großen Liebe zu bewahren. Er wagte kaum zu atmen.

Paul kam näher, bis die diffusen Schatten der diversen Schilder sich gelichtet hatten. Er zuckte zurück, blieb so abrupt stehen, als hätte er einen Schlag erhalten.

Nein, die Augen waren GRAU, eine Melange aus Silber-, Stein-, Maus- und Schiefergrau. SEINE Augen, die er morgens noch beim Rasieren im Spiegel angeblickt hatte und die ihn in dieser Sekunde fassungslos erstaunt anstarrten.

Paulette war pünktlich, obwohl ein aufmüpfiger Kobold in ihr sie frech in Versuchung führen wollte.

,Geschähe ihm schon recht, sich gedulden zu

müssen. Hast du nicht dein ganzes Leben lang auf ihn, deinen wirklichen Vater, warten müssen?'

Nein, sie wollte höflich sein und positionierte sich gut sichtbar im Empfangsbereich für die Paris-Reisenden.

Dr. Paul Santner, Schriftsteller, stand auf der Visitenkarte, die neben dem Brief aus dem Kuvert mit dem letzten Willen von Maman herausgefallen war. Ihre Mutter hatte hoch gewachsene Männer bevorzugt, also würde ihr Vater groß sein. Vermutlich war er auch gutaussehend, zumindest früher, sonst hätte er Manon-Catherine Lefort nicht so beeindrucken können.

Warum war es ihr nicht früher eingefallen? In der mütterlichen Schmuckschatulle lag, so lange sie denken konnte, eine vergilbte Amateurfotografie, abgegriffen, mit zerfransten Ecken und matten Abdrücken darauf. Von Lippen, die das Bild mit dem unbekannten Fremden geküsst hatten?

Mon dieu, das ergab einen Sinn. Das ein oder andere Mal hatte sie neugierig gefragt, wer der Mann sei.

„Oh, niemand, chérie, niemand Besonderer, vergiss es."

Schnell hervorgestoßene Worte hatten sie stets

abgelenkt, während die unsicheren Hände der Mutter das Foto unter ihre Perlen schoben. – Perlen bedeuteten doch Tränen, wie subtil und passend.

Paulette wusste nicht, was sie fühlen oder erwarten sollte. Unzählige Male hatte sie sich die Szene ausgemalt, ihre Miene, die sie aufsetzen würde und ihre Worte, die sie stolz und selbstbewusst von sich zu geben gedachte. Sie versuchte, sich jetzt daran zu erinnern und sie ins Gedächtnis zu rufen.

Unbeholfen umklammerte sie den Griff ihrer Handtasche, ihre Finger waren taub, die Handflächen feucht.

Ruhig, kein Grund, sich aufzuregen, ermahnte sie sich und registrierte verwirrt, dass ihr Daumen, mit dem sie eine lose Haarsträhne hinter das Ohr schob, zitterte. Ihr Blick glitt über die Ankommenden, visierte ganz bewusst nur die Männer an, fokussierte sich auf Größe und ein Aussehen in der Mitte des Lebens.

Dort!

Gerade Haltung, sicher über 180 cm, dunkelbraunes Haar, von grauen Strähnen durchzogen, leicht kantiges Gesicht, schmale Nase und angespannt zusammengepresster Mund, lässig-elegant gekleidet, un homme avec nonchalance.

Das musste er sein!

Paulette zögerte unmerklich, hätte sich nicht von der Stelle bewegen können, selbst wenn sie gewollt hätte. Wie gebannt ihr Blick, als die Distanz zwischen ihnen sich immer mehr verringerte.

Und dann konnte sie ihn nur mehr anstarren, sah in einen Spiegel. IHRE Augen waren vielleicht einen Meter von ihr entfernt, so vertraut, so nahe, voller Gefühle – der Angst, der Reue, der Fragen, der Entschuldigung, der Sehnsucht, der Demut und ja, der unvermittelt aufkeimenden Sympathie und Zuneigung.

Paulettes Kopf war leergefegt, keine Worte mehr vorhanden, nichts gab es mehr. Nur mehr Paul, ihren Vater, in dessen Armen sie im selben Moment lag, schluchzend, immer nur stammelnd ‚O, Papa, Papa, Paul‘, während es ‚Ma fille, ma belle fille‘ in ihren Haaren flüsterte.

Paris, die Stadt der Liebe, hatte ihn wieder, nicht in der eindimensionalen Bedeutung, die man ihr gewöhnlich beimaß, sondern in der zärtlich-stolzen eines Vaters zu seinem Kind.

Paul hatte sich vorgenommen, vorsichtig, distanziert und zögernd zu sein. Doch alles vernünftige Denken wurde von der unbändigen Freude überrollt, dass diese Frau seine Tochter war. In jedem ihrer Züge suchte er Manon, jede Geste erinnerte ihn an sie, selbst die Färbung ihrer Stimme war gleich. Sein Schutzwall, den bereits Hanna so subtil zu überwinden gewusst hatte, fiel in sich zusammen.

Erfreut hatte er das Gästezimmer in Paulettes Wohnung bezogen und mit dem Abenteuer der Entdeckung seiner Tochter begonnen.

Abends saß er mit ihr beisammen, lauschte ihren Erzählungen über die Kindheit, wo sie die resolute Anführerin der Clique ihres Viertels gewesen war. Meine Güte, er konnte sich das temperamentvolle Wesen, das mit scharfer Zunge selbst die größeren Jungen dirigiert hatte, lebhaft vorstellen.

Sie hatte ihm Fotoalben gebracht und als er dabei einen Blick in ihr Schlafzimmer warf, entdeckte er – neben allerlei anderen sentimental aufbewahrten Souvenirs – seine ‚Mme. Pompadour'-Puppe. Es versetzte ihm einen Stich des Bedauerns und dieser Schmerz hinderte ihn daran, nach dem Warum nachzufragen.

Eines Morgens nahm sie ihn zu ihrem Arbeitsplatz in der Redaktion der satirischen Wochenzeitung ‚Le Canard enchaîné‘, 173, rue St-Honoré – 75051 Paris, mit und wenig später zu ‚Chez Gaston‘, einem seiner früher bevorzugten Bistros.

„Salut! Oh, quelle surprise, Paul Santner, n'est-ce pas?“, klang es einschmeichelnd an Pauls Ohr. Er drehte sich zu der weiblichen Stimme um und kramte in seiner Erinnerung.

„Ah, Simone Dubois, enchanté!“, kam es selbstverständlich über seine Lippen, während er sich halb erhob und ihr seine Rechte hinstreckte. Doch sie, ganz Französin, ignorierte seine Geste, legte ihre Hände auf seine Oberarme und küsste ihn auf seine linke und rechte Wange. Es war eine landestypische Begrüßung und doch bereitete sie Paul Unbehagen, genauso wie der schwere, orientalisch angehauchte Duft seines Gegenübers ihm Kopfschmerzen versprach.

Hannas leichtes, nach Blüten riechendes Parfum fiel ihm ein und ihr erster scheuer, unsicherer Blick auf ihn, letztes Jahr im Besprechungszimmer des Verlages ‚No Age Limit‘.

Er vertrieb krampfhaft das Bild und die Assoziation an grün funkelnde Augen und konzentrierte sich auf Simone.

Dass sie ihn nach dem Grund seines Aufenthaltes fragte, hatte er bereits überhört und war froh, dass Paulette ihm mit ihrer Antwort helfend zur Seite gesprungen war.

Neckend erinnerte sie ihn an seine große Passion für Manon-Catherine und dass er keine andere Frau neben ihr wahrgenommen hatte.

„Nicht einmal mich, ma chère", versicherte sie seiner Tochter mit einem derart aufreizenden, einladenden Timbre, dass es ihm peinlich war.

Ihre Wiedergabe mancher Scherze, die sie sich in jugendlichem Übermut erlaubt hatten, ließ Paul noch nachträglich erröten. Und ihre lebhafte Schilderung einiger nächtlicher – auch erotischer – Exzesse, die sie damals als unabdingbar für das Leben eines Bohémiens gehalten hatten, machte ihn mehr als verlegen.

Wie sollte er da Respekt von seiner Tochter gewinnen?

Er war ihr kein jahrelanges, untadeliges Vorbild gewesen, sodass jetzt sowohl amüsante als auch amouröse Erzählungen aus seinen Twenties ihr ein nachsichtiges Verstehen statt feminines Unbehagen entlockt hätten.

Diese Chance war ihm verwehrt gewesen.

Voller Sorge fragte er sich, was Paulette nun von ihm halten würde. Er wollte dieses brüchige Vertrauen und dieses zarte Pflänzchen der Zuneigung nicht aufs Spiel setzen – nicht wegen Simone. Und so war er heilfroh, dass sie nach einer Stunde aufbrechen mussten, weil sie eine Verabredung mit einem Journalistenkollegen hatten.

Wütend und unhörbar vor sich hinfluchend, lief Paul voraus, dass Paulette kaum mit ihm Schritt halten konnte. Auf der nächsten Prachtstraße, dem Boulevard des Capucines, blieb er plötzlich stehen und musterte entschlossen seine Tochter.

„Vergiss, was sie gesagt hat, davon ist nicht einmal die Hälfte wahr. ICH werde dir von der Vergangenheit mit deiner Mutter berichten, und sonst niemand.“

Am nächsten Tag begann er die gemeinsame Zeit mit Manon vor Paulette auszubreiten.

„Paris war immer mein stiller Traum. Ein Künstlerleben hatte ich mir vorgestellt, frei und ungebunden. Aber ohne Geld? So kam mir die monetäre Zuwendung meiner Mutter mehr als gelegen. Ich hoffte, mir irgendwie dann doch noch meinen Lebensunterhalt finanzieren zu können. Zuerst wollte ich mir wenigstens die bekanntesten Sehenswürdigkeiten zu Gemüte führen. – Nachdem ich einen Tag lang vom Arc de Triomphe, über die Champs-Elysées zum Place de la Concorde marschiert bin, den Jardin des Tuileries durchschritten habe und Notre-Dame auf mich wirken ließ, bin ich auf der Seine in einem Boot zum Eiffelturm gefahren und habe ihn, auf einer Bank sitzend, betrachtet. Die Energie, auch noch hinaufzufahren, hatte ich schließlich nicht mehr. – Ich starrte das Eisenfachwerk an, die 324 m bis zur Spitze hinauf. Die üblichen Sehenswürdigkeiten würden mir nicht davonlaufen, sagte ich mir und beschloss, mich Vergnüglicherem zu widmen."

Paul machte eine resignierende Handbewegung und zuckte nur mit den Schultern.

„So fuhr ich am nächsten Morgen endlich zum Montmartre. Sicher wegen der Basilika Sacré-Coeur, aber mehr noch wegen des Place Pigalle in unmittelbarer Nähe, der mich magisch anzog, ebenso wie das Moulin Rouge."

„Eh bien, ein abenteuerlustiger, junger Mann

eben", unterbrach ihn Paulette mit einem süffisanten Lächeln, „war nicht anders zu erwarten, oder?"

Pauls genervter Blick traf sie, weshalb sie ihm mit einer auffordernden Geste bedeutete, mit seiner Erzählung fortzufahren.

„Also schlenderte ich durch die Gegend und setzte mich schließlich ins ‚Les Vedettes', um die Passanten zu beobachten und in meinem Paris-Führer nachzulesen. – Weil ich auch etliche lose Blätter mit Geheim-Tipps eingelegt hatte, fielen mir einige davon beim Umblättern zu Boden. Bevor ich noch danach greifen konnte, sprang eine junge Frau hinzu und sammelte diese mit behenden Fingern ein. Ich sah nur eine braune Wuschelmähne, eine zierliche Figur und – als sie sich aufrichtete – ein Paar samtbraune, amüsiert blickende Augen."

Das wehmütige Lächeln in Pauls Gesicht berührte Paulette und sie sah die Szene lebhaft vor sich. Ja, ihre Mutter war immer sehr spontan gewesen und besonders humorvoll.

Was sie sich wohl gedacht hatte, als sie dem feschen Fremden zu Hilfe kam? War das ihre Art gewesen, unauffällig in ein Gespräch zu kommen?

„Sie überflog den Titel auf dem kleinen Buch und sah mich fragend an. ‚Vous êtes Allemand?' Ich war so perplex, dass ich wie ein braver Französisch-Schüler antwortete ‚Non, je suis Autrichien.‘ Dann lachte sie, setzte sich auf den Stuhl neben mir, klappte den Führer zu und meinte: ‚Anweisungen für gewöhnliche Touristen, Monsieur. Wenn Sie wollen, zeige ich Ihnen Paris, wie es nicht in diesen Globetrotter-Tipps zu finden ist.‘ Was sollte ich schon antworten, als ‚Oui, Mademoiselle, s’il vous plaît.‘ – Ich konnte gar nicht anders, sie hat mich auf den ersten Blick verzaubert.“

Umgekehrt war es wohl genau so gewesen, dachte Paulette und konnte sehr gut verstehen, wie beeindruckt Maman von dem attraktiven Paul gewesen sein musste.

Zwanzig Jahre, ein freimütiger Blick und die Gewissheit, die Welt würde ihm offen stehen. Dazu eine Melange aus Abenteuerlust, Draufgängertum und Unbekümmertheit. Oh ja, diese unwiderstehliche Anziehung konnte sie bestens nachvollziehen!

Die Musterung seiner Tochter war Paul nicht entgangen und fragend sah er sie an. Ihr erwartungsvoller Blick ließ ihn weiterreden. Er nahm einen Schluck von seinem Glas Rotwein und war unschlüssig, womit er fortfahren sollte. Zu viel kam ihm in den Sinn, zu viele Erlebnisse, zu viele

Emotionen und einige davon nicht für Paulette geeignet, weil sie zu persönlich, zu intim waren.

„Zuerst verordnete sie mir einen Spaziergang entlang der Seine. Sie nahm mich bei der Hand und blitzte mich mit ihren braunen Augen an, dass darin goldene Funken aufleuchteten. ‚Komm, zieh die Schuhe aus, mach die Augen zu und lass dich von mir führen. Hör auf die Geräusche und Laute der Stadt – das ist die Musik von Paris. Atme die Luft ein, ganz tief – das ist das Odeur von Paris. Und dann horch auf das Pochen deines Herzens – das ist der Takt von Paris.‘ Aber ich roch nur ihr Parfum, hörte nur ihre Stimme und fühlte nur ihren Pulsschlag an ihrem Handgelenk.“

Paul seufzte.

„Es war Magie. Sie hat mit mir diese Metropole erobert, jede einzelne Sehenswürdigkeit, jeden Geheim-Tipp und jede versteckte Besonderheit zu etwas Einmaligem gemacht. Und ihr Deutsch war so niedlich anzuhören.“

„Hhm“, murmelte Paulette, „ja, seit sich im vorigen Jahrhundert eine Deutsche in unseren Stammbaum geschmuggelt hat, wurden alle Kinder dazu angehalten, die Sprache unserer Vorfahrin zu erlernen – mit wechselnd gutem Erfolg, wie ich allerdings gestehen muss.“

Paul lachte.

„Du hast das aber recht bravourös hingekriegt, man merkt kaum deinen Akzent.“

In den Augen seiner Tochter leuchtete Stolz auf – und stille Freude.

„Ich hatte auch einen großen Ansporn: diese nette, ältere Dame aus Wien, die mir stets so viele Geschenke mitgebracht hat – meine Großmutter, wie mir an meinem 18. Geburtstag klar wurde“, versicherte Paulette.

„Und dieser Mann, der mir das heiß begehrte Bettelarmband verehrt hat, verstärkte den Wunsch, ihn eines Tages perfekt zu verstehen und fehlerlos unterhalten zu können“, fügte sie leise noch an.

Ihr Vater schluckte, räusperte sich und erzählte schließlich weiter, einen rauen, brüchigen Unterton in der Stimme.

Von einem Picknick im Bois de Boulogne.

„Sie hatte alles in einem Korb mitgebracht, Wein samt Gläsern, Pfirsiche, Trauben, Käse, Baguette, zwei Pasteten und eine cremegelbe Decke. Im Marais, in einem der kleinen Antiquitäten-Läden des Village Saint Paul, der auch Kostüme der Comédie française anbot, hatte sie ein getupftes Spitzenkleid mit schwarzen Samtbordüren und das dazu passende Spitzen-Schirmchen aufgetrieben. Keine Ahnung warum, aber sie erinnerte mich in dem Augenblick an Leslie Caron im Musical-Film ‚Gigi‘.“

Paul nahm einen Schluck, drehte gedankenverloren den schmalen Glasstiel, den Blick in die Vergangenheit gerichtet und ein heiteres Lächeln auf den Lippen.

„Mit blitzenden Augen breitete sie ihre Schätze auf einer Wiese im Schatten aus und rief: ‚UNSER Frühstück im Grünen‘. – Und am nächsten Tag führte sie mich ins Musée d’Orsay, damit ich Claude Monets ‚Le Déjeuner sur l’herbe‘ betrachten konnte. – Himmel, was war schon ein Impressionist gegen die lebenssprühende Art deiner Mutter!“

Müde schloss Paul seine Augen, schüttelte mühsam seine Wehmut ab, stand auf und wünschte seiner Tochter eine gute Nacht.

Übergroß war seine Sehnsucht geworden – nach Zärtlichkeit und Liebe. In seinem Gästezimmer ließ er sich aufs Bett plumpsen, griff zum Smartphone und ganz automatisch drückten seine Finger auf Hannas Nummer, aber sie meldete sich nicht.

Frustriert und traurig schrieb er ihr zumindest ein paar Zeilen. Und zum ersten Mal in seinem

Schriftstellerleben hatte er den Eindruck, alle seine Worte wären mehr als unzulänglich, um seine Gedanken und Gefühle ausdrücken zu können. Mit seinem Mund, seinen Händen, seinem Körper könnte er vielleicht sein Innerstes offenbaren.

Vielleicht, vielleicht auch nicht, und das quälte ihn.

Mittags machte Paul es sich zur Gewohnheit, im ‚Chez Maurice‘ um die Ecke eine Kleinigkeit zu sich zu nehmen, Crêpes, eine Suppe, ein Sandwich oder einen Croque Monsieur oder Café au lait samt Croissant. So gerne hätte er Hanna neben sich gehabt, nach ihren Fingern getastet oder sie spontan umarmt. Auch der Gedankenaustausch mit ihr fehlte ihm, ganz zu schweigen von ihrem weichen Körper, wenn er an so manchen erotischen Traum des Nachts dachte.

Als an diesem Tag erneut Simone unerwartet auftauchte, besitzergreifend ihre Hand auf seine Schulter legte, reichte es ihm. Er wollte höflich bleiben, um ihrer Jugendfreundschaft willen, und sich wie ein Gentleman verhalten. Aber der Frust, ohne Hanna hier in Paris zu sein, kochte hoch und er richtete sich entschlossen auf.

„Simone, es reicht, ça suffit! Wir haben über alte Zeiten gesprochen und ich habe dich ertragen, weil du eine Freundin von Manon warst, aber nun ist Schluss, c'est fini! Ich habe eine Verlobte in Wien und werde sie nicht betrügen, egal, wie verführerisch du dich gebärdest. Lass mich einfach in Ruhe und verschwinde!"

Hart klang Pauls Stimme und wütend fixierte sein Blick die Augen seines Gegenübers, bemerkte das erschrockene Zusammenzucken und das Heben des Kopfes in einer stolzen, ungebärdigen Bewegung.

„Enfoiré, salaud", zischte Simone und rauschte aus dem Lokal. „Fiche le camp!", rief sie ihm noch über die Schulter zu, begleitet von einem international verständlich in die Höhe gereckten Mittelfinger.

„Scheißkerl", murmelte Paul und setzte sich wieder. Nun, man hatte ihn schon schlimmer beschimpft. Und der Teufel wartete vielleicht auch.

Die späteren Nachmittage und Abende waren seiner Tochter reserviert und er holte nach, was

ansonsten sein Familienleben gewesen wäre –
Berichte über das Tagesgeschehen, Ärger mit
Kollegen und Paulettes Single-Dasein.

Ihr Lebensgefährte, ein Kriegsberichterstatter,
war bei einem Bombenangriff im Irak gestorben und
sie hatte sich Hals über Kopf in eine Affäre mit einem
verheirateten Mann gestürzt, um der Einsamkeit und
dem Schmerz zu entfliehen. Sie hatte es beendet und
war nun über Pauls Anwesenheit dankbar.

Begierig sog sie die Erzählungen ihres Vaters auf,
selbst wenn es nur Momentaufnahmen waren, und sie
nie alles über ihn erfahren würde. Doch es war
zugleich eine Abrundung der Erlebnisse ihrer Mutter
und eine Erinnerung an ihren Charakter.

Es waren Verlust und Echo, Neugierde und
Wehmut, die den brennenden Schmerz verblassen
ließen, doch es war Vergangenheit.

Die Streiflichter an Begebenheiten zuckten an
ihren Augen vorüber, setzten Stück für Stück ein
unvollständiges Puzzle zusammen.

Immer wieder gebannt, lauschte Paulette.

„Manon ist durch den Champ de Mars getanzt,
bekleidet mit einem bodenlangen Nachthemd voller
riesengroßer, bunter Blumen. Sie wollte kein
Extrageld für ein Hippiekleid ausgeben, lieber eine

Flasche Champagner erstehen. Übermütig ließ sie den Korken davonfliegen, nahm ein paar Schlucke und machte einen grazilen Knicks, indem sie ‚Monsieur, le Comte‘ flüsterte. Ich verbeugte mich tief vor ihr und im Walzerschritt, ‚Die Donau so blau, so blau, so blau‘ mehr grölend als singend, drehten wir uns über die gekiesten Wege. Irgendwann hat es zu regnen begonnen und wir sind stolpernd und sehr beschwipst zu ihrer Wohnung im Quartier Latin gelaufen.“

Ein Abbild der damaligen Unbeschwertheit, übermütigen Laune und jugendlichen Unbekümmertheit zeichnete Pauls Miene.

„Unsere nasse Kleidung wurde unangenehm kalt und irgendwie waren wir plötzlich nackt. Manon hat mich verführt und ich habe mich nicht gewehrt. Ihre Haut wie Samt, ihr Mund so heiß, ihre gehauchten Worte Erotik pur. Liebe ohne Hemmungen, voller Ekstase, bis zur Atemlosigkeit und Erschöpfung ...“

Abrupt brach Paul ab, sich gewahr, dass seine Tochter neben ihm saß. Plötzlich war ihm seine Offenheit peinlich.

Doch Paulette lächelte nur wissend und die Trauer in ihren Augen, die so feucht schimmerten, berührte ihn und machte ihn hilflos.

Was könnte er schon sagen? Womit sie trösten? Dass die Zeit alle Wunden heilt, nein, so einen banalen Blödsinn würde er nicht äußern. So strich er nur unbeholfen über ihren Handrücken und kurz über ihre linke Wange, indem er die eine Träne, die sich soeben leise ihren Weg bahnte, sanft wegwischte.

Er holte tief Luft, konzentrierte sich auf eine unverfängliche Episode.

„Eines Morgens wedelte sie mit zwei Eintrittskarten vor meiner Nase herum. ‚Heute gehen wir in die Oper und du wirst das Stück sehen, das nach mir benannt ist, ‚Manon Lescaut‘, eh bien.‘ Ich konnte mich nicht davon abhalten, sie aufzuziehen. ‚Dafür hast du dich gut gehalten, bedenkt man, dass die Oper von Puccini 1893 uraufgeführt wurde. Wohl eher, wurdest DU nach der Oper benannt, aber vermutlich eher nach Maria, dem hebräischen Ursprungswort.‘ Missmutig hat sie dann das Gesicht verzogen, frustriert in ihr Croissant gebissen und mir zugezischt ‚T'es pédant et donneur de leçons.‘ Na ja, Besserwisser war ich schon immer. – Es war dann trotzdem ein unterhaltsamer Abend.“

Paul lachte in sich hinein und sah das kleine Schwarze mit der durchsichtigen Spitze am Dekolleté vor sich, das den Ansatz von Manons Busen so wunderbar unterstrichen hatte. Er seufzte und sprang in seiner Reflexion vom gesungenen Wort zum geschriebenen.

„An einem anderen Tag wiederum hatte sie es sich in den Kopf gesetzt, mir französische Poesie nahe zu bringen. Sie hatte einen abgegriffenen Wälzer bei sich und mich durch die halbe Stadt gehetzt, auf eine Schnitzeljagd der Literatur. – Gérard de Nerval, Guillaume Apollinaire, Jacques Lanzmann, Paul Verlaine, Marcel Mouloudji und vor allem Jacques Prévert. – ‚Paris at night‘ ist hängen geblieben, weil es kurz genug war:

> *Trois allumettes une à une allumées dans la nuit*
> *La première pour voir ton visage tout entier*
> *La seconde pour voir ta bouche*
> *Et l'obscurité tout entière pour me rappeler tout*
> *cela*
> *En te serrant dans mes bras.“*

Gedankenverloren starrte Paul vor sich hin, rieb sich mit beiden Händen über Stirn und Schläfen, um das pochende Klopfen dahinter zu mäßigen. All' die lange vergrabenen Erinnerungen stiegen empor, purzelten in seinem Kopf umher und wirbelten alte Gefühle auf. – Vorbei, so lange schon vorbei.

„Drei Streichhölzer, eines nach dem anderen in der
Nacht entzündet.

Das erste, um dein ganzes Gesicht zu sehen.

Das zweite, um deine Augen zu sehen,

das letzte, um deinen Mund zu sehen.

Und die komplette Finsternis, um mich an all dies

zu erinnern,

indem ich dich in meinen Armen halte", flüsterte
Paulette. „Ach, Papa, so romantisch hätte ich euch
nicht eingeschätzt."

„Nun, die erste große Liebe macht uns wohl alle
ein wenig zu Narren", murmelte Paul und war sich
nicht sicher, ob dies nicht jede Liebe tat, egal, in
welchem Alter. Er verdrängte die Idee und schüttelte
die nachdenkliche Anwandlung ab.

„Im Louvre dann hat sich Manon provozierend
vor die Venus von Milo gestellt, deren Pose
nachgeahmt und gerufen: ‚Eh, merde, was ist an dem
amputierten Marmor so faszinierend? Bin ich nicht
viel schöner und bewundernswerter?‘ Keine Frage, in
dem Moment wirkte sie wie eine Mischung aus zarter
Elfe, verführerischem Hexlein und eurer
Nationalfigur Marianne. Und ich musste lachen, teils
verlegen, teils begeistert. Doch später dann habe ich
ihr die Antwort gegeben, wie begehrenswert sie ist."

Ein entschuldigendes Lächeln überzog Pauls Miene und schickte seine Gedanken auf Wanderschaft. Die Erinnerungen vermischten sich mit der Gegenwart. Alte Liebe, neue Liebe. Er konnte seine Sehnsucht in diesem Moment nicht länger unterdrücken, fast unhörbar flüsterte er: „So etwas Ähnliches würde ich Hanna auch zutrauen. Schade, dass sie nicht hier ist. Ich vermisse sie, sehr sogar."

„Hanna, wer ist das?"

Unbehaglich wollte er sich vor der Antwort drücken und blieb angesichts der fragend hochgezogenen Braue seiner Tochter doch bei der Wahrheit.

„Meine Geliebte, verheiratet ...",

„Oh là là, eine ménage à trois", Paulette wackelte drohend mit dem Zeigefinger und ließ sofort die Hand sinken, als sie den gequälten, ernsten und zugleich so sehnenden Ausdruck in seinen Augen sah. – „Oder doch die große Liebe?"

Die Worte hingen zwischen ihnen in der Luft, verkehrten sich von neckend in schwer, bis sein Geständnis im Raum stand.

„Ja, nach Manon die erste Frau, die ich mir an meiner Seite vorstellen kann. Nur dass ich jetzt reifer, geduldiger, einsichtsvoller und beständiger bin."

Paul füllte bedächtig sein Glas auf, nur, um seine Hände zu beschäftigen. Zittrig floss der Wein in das Gefäß.

„Paulette, tu es mon trésor, mais Hanna, elle est mon coeur. – Du, mein Schatz, bist die Erste, der ich es laut gestehe und wenn ich zurückkomme, wird es auch Hanna, mein Herz, hören. Und ich bin gewillt, um sie zu kämpfen.“

„Le guerrier d'amour, ein Krieger? Non, mon père – le chevalier.“

Ritter? Bei Gott, er hatte sich weder ritterlich noch ehrenhaft verhalten. Er hatte nicht gewusst, dass Manon sein Kind erwartete. Ihre Briefe hatte er erst ein Jahr später gelesen. Es war ihm alles zu schnell gegangen, ihr Drängen, bei ihr in Paris zu bleiben, sich eine Arbeit bei einer der vielen Zeitungsredaktionen zu suchen und sich mit Hilfe von Manons Eltern ein gemeinsames Leben aufzubauen.

Diese Bourgeoisie hatte er von Zuhause her gefürchtet, ja gehasst. Dort wollte er nicht hin, konnte nicht, um sich selbst treu zu bleiben –

abgesehen von seinem egoistischen Ziel, ein wenig in der Welt herumzustreunen.

Er war davongelaufen, vor Einengung, Verantwortung und einer vereinnahmenden Liebe, die ihm Angst machte.

Eigenartigerweise verstand ihn seine Tochter, seinen stammelnden Versuch einer Erklärung, die ihr eigenes Leben so nachhaltig tangiert hatte. Sie war auch ein freiheitsliebender Geist und unkonventionell. Und vor allem kannte sie die Auflösung all dessen, was früher ein ungeschriebenes Gerüst der Gesellschaft war. Heute hingegen gab es herkömmliche und Patchwork-Familien, Alleinerzieher und Paare gleichen Geschlechts.

„Nur, warum bist du nie mehr gekommen, nachdem du mir bei deinem letzten Besuch das Bettelarmband geschenkt hast?", fragte sie. „Ganze fünfundzwanzig Jahre nicht?"

Das war die einzige Anklage, die Paulette ihm entgegenschleuderte und er musste sich beherrschen, gefasst die Wahrheit einzugestehen.

„Weil Pierre, dein Stiefvater, damals, am letzten Tag plötzlich vor meinem Hotelzimmer stand. Er verlangte kategorisch, dich und deine Mutter in Zukunft in Ruhe zu lassen. – Du solltest in deiner

Entwicklung nicht gestört werden und womöglich zwischen zwei Polen hin- und hergerissen sein. Nur sich selbst wollte er als Leitbild für dich sehen und nicht einen, in seinen Augen, leichtsinnigen Windhund aus Wien. – Und Manon war stets so unruhig, wenn ich in Paris war, gestand er knapp, obwohl wir uns nie mehr wiedergesehen haben. Es brauchte immer einige Wochen, bis sie wieder die Alte war. – Dein Stiefvater war schlicht eifersüchtig und besitzergreifend. Ich hatte keine Ahnung, wie ich mich ihm entgegenstellen könnte und scheute letztlich auch die Konfrontation. – So zog ich mich zurück, feige, verdrängte die Vergangenheit, leugnete die Realität und ließ Jahr um Jahr verstreichen. – Als du dann die Wahrheit an deinem 18. Geburtstag erfahren und jeden Kontakt verweigert hast, schloss ich dieses Kapitel meiner Twenties ab, versperrte es tief in meinem Herzen und wollte es am liebsten nichts als vergessen."

Müde senkten sich Pauls Lider und die feinen Falten neben seinen Augen vertieften sich.

„Hanna hat den Schlüssel wieder umgedreht und deine Türe geöffnet. Durch ihr Mitgefühl und ihr behutsames Nachfragen wurde mir klar, dass ich irgendetwas unternehmen muss. Hättest du mich nicht eingeladen, wäre heuer noch mein Versuch gekommen, dich aufzustöbern.“

Da war er wieder, der Gedanke an Hanna, und er griff unvermittelt nach seinem Smartphone und drückte spontan auf ‚Anrufen‘. Zumindest ihre Stimme wollte er hören, jetzt, sofort. Und es war ihm egal, dass seine Tochter neben ihm saß.

Augenblicke später nahm Hanna das Gespräch an, und ihm fiel nur „Wie geht es dir?“ ein. – Er war doch sonst so wortgewaltig. Warum brachte er jetzt nicht mehr hervor, stammelte geradezu?

„Alles in Ordnung, Paul. Ich habe das Buch im Verlag abgeliefert. Hurra, Projekt fertig. Der Garten beschäftigt mich, verblühte Blumen abschneiden, wieder düngen, Rasen mähen. Na ja, die Schulter von Papa ist besser, aber er braucht noch Hilfe, putze bei ihm und werke auch in seinem Garten. Das strengt ganz schön an“, sprudelte es aus Hanna heraus, atemlos, betont heiter und aufgekratzt.

Verdammt, diese Berichte waren ihm doch völlig egal. Das wollte er nicht mit ihr besprechen, sondern ihr andere Worte sagen und vor allem wollte er anderes von ihr hören. – Eingestandene Gefühle der Sehnsucht, des Vermisst-Werdens und des Verlangens. – Warum verhielt sie sich so?

Bevor Paul noch Substanzielles zu erwidern vermocht hätte, war die Verbindung mit einem hektischen „Muss weiterarbeiten, hab es eilig, noch schönen Aufenthalt in Paris" bereits unterbrochen.

Paulette richtete ihren Blick auf ihren Vater, sie hatte – nolens volens – das Gespräch mitgehört.

„Was ist los mit deiner Hanna? Sie klingt so abgehetzt, überdreht und aufgesetzt fröhlich. Ist das normal? So wie du sie mir geschildert hast, klingt das nach einer anderen Person", urteilte Paulette und kratzte sich verlegen am Kinn.

„Verzeih, Papa, aber da ist etwas nicht in Ordnung. Will sie dir etwas verheimlichen? Oder über ihren wahren Seelenzustand, vielleicht sogar ihre Verzweiflung mit einer geschäftigen Maske hinwegtäuschen?"

Ratlosigkeit und Sorge zeichnete Pauls Gesicht und er zuckte zusammen, als Paulette seinen Arm berührte.

„Ich bin jetzt bei der Zeitung durchaus abkömmlich, hab noch drei Wochen Resturlaub und könnte dich begleiten. Ich würde deine Hanna wirklich gerne kennenlernen. Lass uns zu ihr fliegen!"

Erleichtert umarmte Paul spontan seine Tochter,

froh, dass sie so verständnisvoll und hilfsbereit war.

„Dann lass uns gleich den Flug buchen", munterte Paulette ihn auf und sah die Entspannung in seinen Zügen, hörte sein heimliches Aufatmen.

Nein, sie würde ihn nicht in Paris festhalten.

Ihr Vater hatte ihr so viel über seine Zeit mit Manon berichtet, sicher nicht alles, doch sie würden jetzt eine gemeinsame Zukunft haben, in der sich die leeren Kapitel noch füllen konnten.

Nicht alle Seiten würde sie lesen dürfen, denn stellenweise hatte sie sehr wohl Pauls Zögern und seine Unsicherheit bemerkt.

Dabei handelte es sich ziemlich sicher um diese speziellen Zimmer der Erinnerung, wie ihre Mutter sie in ihrem letzten Brief bezeichnet hatte, die auch er offenbar mit niemandem teilen wollte, nicht einmal mit ihr, seiner Tochter.

Doch dieser Zustand des Schwebens, diese Niedergeschlagenheit, diese Orientierungslosigkeit waren seit Pauls Eintreffen mit jedem Tag weniger geworden. Dieses Gefühl des Alleinseins, der quälenden Sehnsucht nach Liebe, Geborgenheit und Zugehörigkeit verschwand langsam und unmerklich.

Ihr Herz und ihr Kopf begriffen, dass sie nicht mehr allein war. Ja, nicht einmal wirklich gewesen war, denn ihren leiblichen Vater gab es schon ihr ganzes Dasein lang. Oder korrekter formuliert: Paul hatte sie gezeugt und gemeinsam mit ihrer Mutter Manon ihr das Leben geschenkt.

So hatte sich jetzt der Kreis geschlossen.

Manon und Paul, Mann und Frau mit ihrer Liebe in Paris.

Und Paulette und Paul, Tochter und Vater mit ihrer zarten Pflanze der Liebe, gewachsen in der Stadt der Liebe.

MUIRA'S TALES

Muira, die zarte Meereselfe mit dem silberhellen Haar und dem mintgrün schimmernden Gewand, dehnte langsam ihre Glieder, die auf einem wohlig weichen Bett aus Seetang geruht hatten.

Sie war noch müde, obwohl sie mit ihren großen Schwestern letzte Nacht zwar euphorisch, jedoch nicht allzu lange mit den vom Sturm aufgewühlten Wellen um die Wette getanzt hatte.

Diese hatten sich, Königsblau gekleidet und die

tintenschwarze Mähne offen wehend, in wild steigernder Ekstase in einen lustvollen Reigen des Jagens und Haschens gestürzt. Und ihre weißen Spitzenschleppen waren unkontrolliert um ihre sich drehenden Füße gehüpft, bis sie sich nach kurzem Verweilen auf den Steinen des nahen Ufers wieder in die Tiefe warfen.

Der Ball der Meereselfen hatte ihre Verwandten Woge um Woge und Welle um Welle in einen Rausch versetzt und sie gierig nach jedem Gegenstand, der sich in ihrem Weg befunden oder sich in ihre Bahn getraut hatte, schnappen lassen. Nun waren sie erschöpft und hatten sich zum Schlaf niedergelegt, eine trügerische Ruhe spiegelglatten Wassers hinterlassend.

Vorsichtig glitt Muira durch die Flut, kletterte dann auf einen einladenden Felsen und ließ die Sonne auf ihr hüftlanges Haar scheinen. Nein, sie konnte diesen überbordenden Enthusiasmus der Bewegung, ja sogar Vernichtung nicht aufbringen.

Nicht mehr, seit sie sich in Kylan, den jungen Fischer mit dem erdbeerblonden Schopf und dem großen, muskelbepackten Körper verliebt hatte.

Durch Zufall, um ihn und sein beinahe kenterndes Boot vor ‚Olc Tonnta', ihrer stets auf

Zerstörung bedachten Cousine zu retten.

Ein Blick in seine hellgrünen Augen, voller Kampfgeist, unterdrückter Angst und absoluter Verwunderung – und es war um sie geschehen. Ihr Herz hatte wie wild gepocht und eine alles verzehrende Wärme war durch sie hindurchgerauscht.

Es war ihr Geheimnis, quälend innig, den Alltag verklärend und letztlich vollkommen hoffnungslos. Ihr entkam ein tiefes Aufstöhnen, ein kaum verhaltenes Schluchzen und Träne um Träne bahnte sich ihren Weg über ihre blasse Haut.

Plumps, plumps, plumps, drang es an ihr Ohr und wieder plumps, plumps. Leicht ärgerlich über die Störung ihrer Ruhe und ziemlich ungehalten über die Unterbrechung ihrer Tagträume suchten ihre Augen nach dem Quälgeist.

Aber da war nur ein einsames Mädchen, das mit gleichmäßiger Bewegung kleine Steine ins Wasser warf, wie um damit auch eine Last, die sie trug, von sich wälzen zu können oder den aufgestauten Frust kraftvoll abzuwälzen.

Unbemerkt schlich Muira sich an und flüsterte leise: „Warum machst du das?“

Erstaunt schauten große, blaue Augen auf das

zierliche Meeresgeschöpf, ohne einen Hauch von Furcht oder Verwunderung, als ob es ganz natürlich wäre, als Menschenkind einer Elfe gegenüberzustehen.

Beim genaueren Hinsehen bemerkte Muira die Traurigkeit in dem Blick und die Müdigkeit im Gesicht, das die Züge älter, reifer, beinahe erwachsen wirken ließ.

„Ich muss das tun, weil ich das, was ich eigentlich machen möchte, nicht kann – nämlich davonlaufen, vor dem ewigen Streit zwischen meinen Eltern und ihren rüden, gehässigen Worten, die sie sich jede Nacht an den Kopf werfen und dabei glauben, ich würde es nicht hören, weil ich schliefe."

Die Kleine seufzte und wischte sich in einer verlorenen Geste die eine Träne von der Wange, die sich trotz aller Beherrschung aus den Augenwinkeln gestohlen hatte.

„Wie heißt du denn? Und wo wohnst du?", fragte Muira und streichelte in Gedanken das kastanienbraune Haar ihres Gegenübers.

„Ich bin Aeryn und das ochsenrote Haus dort drüben ist unseres."

„Und weil Vater und Mutter sich zanken, kannst du keinen Schlaf finden", konstatierte das durchscheinende Meereswesen und vernahm ein „Hhhmm" als Antwort.

Dann zeichnete sich plötzlich eine Entschlossenheit in ihrem Gesicht ab, die kaum zu dem engelsgleichen Äußeren passen wollte.

Wozu bin ich eine Elfe?

Ich kann den Menschen auch Gutes tun und darf mich des Nachts ungehindert in ihrer Welt bewegen, denn da war die Gefahr, im gleißenden Sonnenlicht zu Nichts zu vertrocknen, nachhaltig gebannt.

„Ach, süße Aeryn, was hältst du davon, wenn ich abends zu dir ans Bett komme und dir eine Geschichte erzähle, bis ein Traum dich abholt und zur Ruhe begleitet?"

Fragend waren Muiras grünblaue Augen auf das Mädchen gerichtet, in dessen Miene sich jetzt zage Hoffnung und sachte Freude ausbreitete.

„Ja, das wäre wunderschön", flüsterte das verbitterte Menschenkind und fügte noch ein „bitte" an, wohl, weil es sich daran erinnerte, was aus Höflichkeit zu tun war.

„Abgemacht, dann komme ich heute Abend zu dir", versicherte die Meereselfe und verschwand leise und lautlos in dem Blau der Wellen, bis ihr glänzendes Haar und ihr schimmerndes Kleid konturlos mit ihrer Umgebung verschmolzen. So, als ob sie nie da gewesen wäre.

Und Muira hielt Wort.

Kaum senkte sich die Dunkelheit über das auf einem grünen Hügel oberhalb der Klippen stehende Haus, setzte sich die herzensgute Elfe neben das Bett von Aeryn, die sie sowohl zweifelnd als auch sehnsüchtig schon erwartet hatte.

Zärtlich strich Muira über das rotbraune Haar und schloss dem Mädchen die Augenlider über dem jetzt Dunkelblau der Iris.

Dann begann sie mit leiser, einschmeichelnder Stimme zu erzählen: „Cian O'Donnell war ein junger Bursche aus Connaught, sehr groß und kräftig, den seine Kumpel Devil Donny nannten. Nichts schien er zu fürchten, weder einen Gang über einen Friedhof um Mitternacht, noch eine Runde durch die verruchtesten Viertel der Gegend.

Als er einmal in der Grafschaft Limerick umherfuhr und auf dem Weg nach Kilmallock an einer Tankstelle Halt machte, traf er auf einen Mann mit einem roten Aston Martin. Sie kamen ins

Gespräch, und Cian O'Donnell fragte ihn, was er denn an diesem Abend noch so vor hätte.

,Ach, nicht allzu viel', erwiderte dieser, ,aber ich fahre jetzt zum Fuß des Knockfierna und steige auf diesen hinauf.'

,Zur Hölle, was machst du denn mitten in der Nacht auf einem Berg?', fragte O'Donnell fassungslos.

,Da gibt's eine Party, Techno, Rave oder so etwas in der Art, vielleicht auch Geister', antwortete der Fremde mit einem Augenzwinkern.

,Stoff, bunte Pillen und Ströme von Alkohol trifft's wohl eher', lachte Cian.

,Schrei nicht so, braucht ja keiner sonst zu hören', mahnte der Fremde, ,könnte dir sonst schlecht bekommen. Hier, kannst austrinken.'

Damit reichte er O'Donnell eine kleine Flasche, stieg in sein Auto und fuhr grußlos davon.

,Party, abshaken, Musik dröhnen lassen und einige Red Bull-Whisky oder Bier mit Limonade. Nun, warum nicht? Und die Geister werde ich schon nicht kommen lassen', murmelte O'Donnell vor sich hin, trank das süßliche Gesöff aus und folgte unauffällig dem Fremden.

Zuerst mit seinem Auto, und dann zu Fuß.

Cian verlor ihn zwar aus den Augen, stapfte aber

den leicht ausgetretenen Pfad durch den Wald nach. Heiß wurde ihm schließlich, schwindelig und die ungewohnte Anstrengung ließ ihn keuchen. Als er auf dem Gipfel ankam, hörte er Musik, zuerst noch gedämpft und dann immer lauter, je näher er einer Höhle kam.

In der Finsternis klopfte ihm jemand auf die Schulter, grölte ihm Unverständliches ins Ohr und drückte ihm eine weitere bunte Flasche in die Hand.

O'Donnell nahm einen kräftigen Schluck und das kühle Getränk breitete sich so angenehm in seinem Magen aus, dass er den ganzen Inhalt auf einmal leerte. Wärme stieg ihm in die Adern und sein Kopf glaubte zu schweben.

Die Höhle begann sich zu drehen und lauter kleine Kobolde tanzten lachend um ihn, gefolgt von weißen Riesen mit klauenartigen Händen und geisterhaftem Krächzen. Abgelöst dann von zierlichen Elfen in wallenden Gewändern und mit Trommeln in ihren Händen sowie einem sirenengleichen Singen. Sie lächelten ihn verführerisch an, hoben die Röcke und lockten ihn mit langsam tiefer rutschenden Dekolletés. Zungen leckten einladend über rote Lippen und Finger fuhren antörnend über weibliche Kurven. Dazu klopfte der

Takt des Schlagzeugs einen immer schnelleren Rhythmus.

Cian schloss die Augen, ergab sich der Versuchung und öffnete ausladend die Arme, um zu fliegen, hob ab in unendliche Weiten.

Als er wieder zu sich kam, lag er in einer morgentaufeuchten Wiese, ohne Lederjacke, ohne Geld, ohne Smartphone und auch sein Auto war weg. Nur wüst pochende Kopfschmerzen, quälende Übelkeit und wütender Frust waren geblieben."

Muira schwieg für einige Momente, strich über ein paar lose Strähnen, die auf dem Kopfpolster vor ihr lagen und flüsterte weiter:

„Siehst du, Aeryn, es ist zwar gut, nicht ständig in Angst vor Geistern oder allem Schlimmen, was dir zustoßen könnte, zu leben, denn dann hat diese Furcht weniger Gewalt über dich. Aber nimmst du gar keine Rücksicht auf die Gefahren, die lauern können oder glaubst nicht einmal, dass dir etwas passieren kann, dann bist du sehr unklug. Egal, ob du männlich, weiblich, Kind oder Erwachsener bist. Sei tapfer, aber vorsichtig. Freundlich, aber nicht vertrauensselig. Und glaube immer, dass es mehr gibt, als du mit deinen Augen sehen kannst."

Muira blickte auf die müde blinzelnde Aeryn,

strich sachte über ihr Haar und hauchte ihr einen zarten Kuss auf die Stirn.

„Nun schlaf, meine Süße, morgen komme ich wieder", flüsterte sie und verschwand lautlos in die Nacht.

Und auf der Fensterbank blieb eine kleine Wasserlacke zurück, nicht süß wie der Regen, sondern salzig wie das Meer.

Ungeduldig wurde Muira bereits am nächsten Abend erwartet.

Die Augen der kleinen Aeryn leuchteten begeistert und die Erleichterung, dass die Elfe ihr Versprechen gehalten hatte, machte sich in einem befreiten Aufseufzen Luft.

„Heute werde ich dir etwas vom See Corrib erzählen", begann Muira und konnte ihre Finger nicht davon abhalten, einmal liebkosend über das seidige Haar des Kindes zu streichen.

Sie atmete tief durch, dann sprach sie weiter:

„Unweit von diesem See in der Grafschaft Galway lebte ein junges Paar, Connaire und Mairin. Er – ein gestandener Mann mit breiten Schultern, kräftigen Armen und einem breiten Lachen im attraktiven Gesicht. Sie – eine zierliche Schönheit mit einladenden Lippen und verführerischen Kurven. Beide wollten bald heiraten, aber zuvor noch gemeinsam ein Haus bauen. Ihre Familien unterstützten sie und so sah ihre Zukunft positiv aus, weil auch beide Jobs hatten, die ihnen Spaß machten.

An einem schönen Sommertag ging Mairin mit einigen Mädels ihrer Clique im See schwimmen. Sie sprangen übermütig ins Wasser, tauchten und bespritzten sich gegenseitig. Ihr Gekreische und Lachen waren meilenweit zu hören.

Plötzlich war Mairin verschwunden, keine Spur. Die Mädchen riefen ihren Namen, ganz verzweifelt immer wieder, suchten die Oberfläche ab, bis sie Panik überkam und sie um Hilfe schrien.

Ein zufällig vorbeikommender Fischer warf sich sofort in die Fluten und suchte den Grund des Sees ab. Mehrmals tauchte er hinab und ließ tastend seine Hände über den Boden gleiten, bis er den kalten Körper fand.

So schnell er konnte, zog er Mairin ans Ufer und begann sofort mit Wiederbelebungsmaßnahmen. Das Mädchen spuckte zwar Wasser und fing wieder zu atmen an, doch es kam nicht zu sich.

Wie eine Puppe, nass, kalt, aber zauberhaft lieblich, lag sie am Strand, nur ihr Brustkorb hob sich in flachen, leisen Bewegungen.

Auch den Rettungssanitätern gelang es nicht, sie wieder das Bewusstsein erlangen zu lassen. Selbst im Spital der nächsten Stadt konnten die Ärzte die Ohnmacht nicht bannen.

Wer vermag den Schmerz und die Verzweiflung ihres Freundes und der Eltern zu beschreiben! Stundenlang saßen sie am Bett der im Wachkoma liegenden Patientin, beteten, hofften, warteten.

Jeden Abend, ganz spät, ging Connaire zum See Corrib, setzte sich auf die Felsen am Ufer, wo die traurigsten Gedanken und wahnsinnige Wut sich abwechselnd seiner Seele bemächtigten und ihn in immer tiefere Verzweiflung stürzten. Erinnerungen überfluteten ihn und Mairins Lachen verfolgte ihn.

Er starrte auf das Wasser und versicherte in beharrlichem Ton: „Sie wird nicht sterben, sie lebt und sie wird wieder das Bewusstsein erlangen. Das dunkle Grab wird nicht siegen und so eine fröhliche, positive Seele verschlingen!"

Jeden Tag die gleichen Worte, wie ein Mantra in die Nacht gerufen.

Als er nach einigen Tagen erneut am Gestade

saß, rollte eine einzige weiße Welle sanft über die ruhige Oberfläche, bis knapp vor seine Füße. Er fixierte die Woge und im Vollmondlicht schien das Wasser sich zu verwandeln und lebendig zu werden.

Kleine Gestalten in prächtiger Rüstung oder langen wallenden Gewändern setzten sich in Bewegung, schwankten hin und her. Haare wehten im Wind und Melodien perlten von roten Lippen. Sie tanzten vor seinen Augen und ein sanfter Luftstrom trug feierliche Gesänge mit süßen, lockenden Tönen an sein Ohr.

Connaire hielt die Luft an, wagte nicht mehr zu atmen und blickte unverwandt auf die Erscheinung, fixierte fasziniert das Traumgebilde. Seine übermüdeten, betäubten Sinne wussten nicht, ob er sich selbst mit diesem Blendwerk täuschte oder ob irgendetwas sich wirklich vor ihm im Takt der Musik auf- und abbewegte.

Endlich, sich ermahnend und die Beklemmung abschüttelnd, murmelte er halblaut: „Herr im Himmel, rette alle Seelen, damit sie nicht verloren sind! Oh Gott, rette meine Mairin und gib sie mir zurück! Ich liebe sie, bis ans Ende meiner Tage!"

Kaum waren ihm die Worte entschlüpft, frischte der Wind auf und eine riesige Welle erhob sich und verschluckte die unheimliche Fata Morgana mit einem fremdartigen Heulen.

Während er sich noch über seine Augen wischte und überlegte, ob er womöglich eingeschlafen wäre und alles nur geträumt hätte, läutete plötzlich sein Smartphone.

„Mairin ist aufgewacht und fragt nach dir", klang es ihm entgegen.

„Ich komme, ja, komme sofort!" entrang es sich mühsam seiner Kehle.

Connaire betrachtete die wieder unbewegte, dunkle Wasserfläche, den Mond über sich und die funkelnden Sterne. Mit einem stillen Gebet als Dank auf seinen Lippen, stand er auf und eilte zu seiner Liebsten, seiner bezaubernden Mairin."

Leise verklangen die Worte Muiras und sie glaubte schon, das kleine Mädchen wäre eingeschlafen. Da vernahm sie ein Wispern: „Glaubst du, dass so eine Liebe länger halten kann und nicht im Streit endet wie bei meinen Eltern?"

„Ja, Aeryn, das glaube ich. Wir müssen nur den Willen und die Hoffnung darauf festhalten und dürfen nie die schönen Zeiten vergessen und die Enttäuschung oder den Frust siegen lassen. Nie darf Liebe in Hass umschlagen."

„Danke, Muira, ich bin müde. Gute Nacht! Und bis morgen! Du denkst doch an mich?“

„Sicher, meine kleine Aeryn, ich werde dich nie vergessen. Gute Nacht!“

Vorsichtig strich die Elfe über die zugefallenen Lider, küsste wie ein Hauch die Stirn des Mädchens und entschwand mit leisem Flüstern in die Nacht.

Muira kämpfte wie wild gegen Feargach und entwand mit einem Ruck ihren Arm dem Griff ihrer ältesten Schwester, die sie festhalten wollte.

„Du bleibst hier, du wirst nicht zu diesem Schönling von Mensch schwimmen, um deine Kräfte zu verlieren und an Land dahinzuvegetieren“, schrie sie ihr ins Ohr. „Nicht, wenn ich es verhindern kann!“

„Ich hasse dich“, schrie Muira völlig aufgebracht, „deine Überheblichkeit, deine vermeintliche Besserwisserei und deine Bevormundung!“ Ihr Brustkorb hob sich in unregelmäßigen Stößen, während ihre Stimme plötzlich beherrscht und meereskalt wurde.

„Nicht egoistisch will ich mich Kylan nähern, sondern der kleinen Aeryn jeden Abend eine

Geschichte erzählen, bis sich die Situation mit ihren Eltern geklärt hat und wieder halbwegs Ruhe in ihr Leben einkehrt. Und du, Feargach wirst mich nicht daran hindern, Gutes zu tun!"

Wären sie nicht im Salon des Meerespalastes gewesen, hätten Flammen aus ihren Fingern schießen können oder Dampf aus ihrem Mund. Nein, sie würde ihr Versprechen an Aeryn halten und niemand würde sie aufhalten. Es gab doch noch viele Geschichten zu erzählen.

Und genau dies tat Muira und vergrub die Sehnsucht nach Kylan tief in ihrem heiß schlagenden, tintenblauen Herzen.

EINE WEIHNACHTSGESCHICHTE

$\mathcal{E}$ ilig lief er die Stiegen hinunter, so als ob er flüchten müsste. Erst auf der Straße bremste er seine Schritte und atmete tief die klare, kalte Schneeluft ein.

Lukas war froh, seinem Elternhaus an diesem Abend entfliehen zu können. Da er als Junggeselle den Nachtdienst für Weihnachten übernommen hatte, musste er schon vorher mit seinen Oldies feiern. Sie ließen es sich wie immer nicht nehmen und entzündeten alle Kerzen auf dem Baum.

Klassische Wachskerzen selbstverständlich und keine LED-Lämpchen, nur die Sternspritzer gab es nicht mehr – wegen des unangenehmen Geruchs und der latenten Brandgefahr.

Dann sangen sie im Duett zu einer Schallplatte der Wiener Sängerknaben einige Weihnachtslieder. Die Stereo-Anlage war schon beinahe eine Antiquität und der Tonträger etwas abgenutzt, genau so wie das jährliche Ritual, an dem sich seine Erzeuger festklammerten. Oder war es ein Heimeligkeit vermittelndes Korsett, das das ins Schwanken geratene Weltbild der beiden scheinbar aufrecht hielt?

Eingefahrene Gewohnheiten, erlebte Erfahrungen und eingepflanzte Moral – alles geriet in Schieflage, wurde durcheinander gewürfelt, neu gestaltet (zumeist nicht zum Besseren) oder verschwand.

Er war zur Welt gekommen, als seine Eltern sich bereits mit ihrer Kinderlosigkeit abgefunden hatten. Seine Mutter über vierzig und sein Vater über fünfzig. Seine Geburt hatte alles durcheinander gewirbelt und auf den Kopf gestellt.

Nun war er siebenunddreißig, verlobt und blickte heute zurück – auf seine Kindheit, als er das

Christkind noch mit kribbelnder Vorfreude erwartete.

Nahezu jeder Wunsch wurde ihm erfüllt, den er zuvor in seiner schönsten Schreibschrift für das Christkind in einem Brief zu Papier gebracht hatte. Mehr als einmal kletterte er aus seinem Bett, um unauffällig das bewusste Fenster, das als Landeplatz für das liebliche, geflügelte Wesen mit dem Glorienschein gedacht war, im Auge zu behalten. Doch nie war es ihm gelungen, einen Blick darauf zu erhaschen.

Erst Jahre später, als die Täuschungsbrille der Kindheit von spottenden Mitschülern herunter gerissen worden war, wurde ihm klar, dass es seine Mutter oder sein Vater gewesen sein mussten, die sein hoffnungsvolles Schreiben entfernt hatten.

Herrje, warum verflog die unbeschwerte, unbekümmerte, von der Realität beinahe ahnungslose Zeit des Kindseins so schnell und erbarmungslos? Jetzt sehnte er sich manchmal zurück. Verdammt, nun wurde er sogar sentimental!

Dabei hatte er rückblickend keinen Grund zur Klage. Er war mehr verwöhnt worden als so mancher Gleichaltrige, aber auch umso behüteter aufgewachsen. Dass andere Buben ihn auslachten, dass sein Opa ihn von der Schule abholen würde und seine Oma noch recht rüstig beisammen wäre, hatte er mehr als einmal mit Prügel beantwortet. Groß und sportlich gestählt für sein Alter, hatte er keine Gnade gekannt. Vielleicht nicht einmal aus Liebe zu seinen Eltern, sondern aus Selbstachtung, sich nicht verspotten zu lassen: Von niemandem und wegen nichts.

Unmerklich spannte sich seine Wirbelsäule an und Zorneswolken huschten durch sein Gesichtsfeld.

Erst nach einem fragend-vorwurfsvollen Blick seiner Mutter beendete er seine Grübelei und stimmte in das „Stille Nacht, heilige Nacht" ein, heiser und ungeübt seine Singstimme.

Wann hatte er das letzte Mal aus voller Kehle gesungen? Mit guter Laune, Tatendrang und Energie? Egal, ob im Auto oder unter der Dusche? Er erinnerte sich nicht mehr. Wo waren die Leichtigkeit, der Optimismus und die Hoffnungen der jüngeren Jahre hin entschwunden?

Warum nahm er sich zurück? Ließ sich von mokierten Seitenblicken seiner Freundin und dem stillen Postulat, was sich gehörte und was unpassend wäre, in ein bestimmtes Verhalten zwingen? Oder einbremsen? Wieso legte er sich selbst Schranken auf und schuf sich ein Pflichtkorsett, das ihm hie und da die Luft abschnürte? Wegen seines beruflichen Fortkommens, wegen der Erwartungen oder der Höflichkeit? Wegen einer anvisierten Karriereleiter, die ihm immer suspekter vorkam? Für ein Hamsterrad, um Geld zu scheffeln und Statussymbole zu erwerben?

Er wollte weglaufen, rennen und dabei wieder tief atmen können. Den Brustkorb weiten und gleichzeitig auch die Sicht auf die Dinge. Lachen, aus freiem Herzen. Weinen, wenn ihm danach war. Und lieben – bedingungslos, innig, leidenschaftlich. Alle Wünsche, alles Sehnen nur eine Fantasie seines Geistes? Eine unerreichbare Vision?

Das Rascheln von Geschenkpapier gemahnte ihn, nicht gedanklich wegzudriften, sondern aufmerksamer zu sein und eine erfreute Miene aufzusetzen, schließlich galt es, die Gaben unter dem Baum zu würdigen. Augenblicke später überraschte ihn der Gutschein für eine Reise positiv.

Halb hatte er Hemden, Krawatten, Schals oder Handschuhe, halb einen Bücher-Bon der lokalen Buchhandlung erwartet. Doch mit der großzügig gewählten Summe würde er sich einen schönen Urlaub leisten können, vielleicht sogar allein, um sich selbst wieder näher zu kommen, ohne Rücksicht auf andere Befindlichkeiten nehmen zu müssen.

Sein Dank für die weihnachtliche Gabe kam diesmal aus ehrlichem Herzen. Die in den Augen seiner Mutter schimmernden Tränen bei seinen unbeholfenen Worten bescherten ihm ein schlechtes Gewissen.

Etwas wie Rührung stieg in ihm auf und ließ ihn schwer schlucken. Wie lange würde er noch das vertraute Paar vor sich sehen? Erschrocken bemerkte er die weißen, schütter werdenden Haare, die tieferen Falten und die pergamentartige Haut. Angst flutete ihn, Hilflosigkeit und Wehmut. Er konnte den Lauf der Zeit nicht aufhalten, war nur Arzt, kein Gott in Weiß.

Die auftauchenden Gedankensplitter schob er hastig beiseite, konzentrierte sich lieber auf den obligaten Weihnachtstruthahn mit seinen üppigen Beilagen und den dazu kredenzten Wein. Zu viel davon durfte er nicht trinken, schließlich konnte er nicht beschwipst in der Arbeit auftauchen.

Er lauschte dem Gespräch seiner Eltern nur mit halbem Ohr, zu oft schon hatte er die Geschichten über vergangene Feste gehört. Es war ihm peinlich, von seinem kindlichen Ich zu hören und die

Erheiterung in den Gesichtern seines Vaters und seiner Mutter zu bemerken. Mit jeder enthüllten Reminiszenz leuchteten ihre Augen intensiver und füllte unverstellte Freude ihre Mienen. Sie tauchten in ihre Erinnerungen ein, jede Episode eine Hommage an ihr Langzeitgedächtnis.

Nur sein Unbehagen wuchs.

Flucht rief es aus seinem Inneren, doch Feigheit und Sohnespflicht hielten ihn an seinem Platz.

Wie durch einen Nebel sah er sich selbst Jahre später, mit grau meliertem Haar und an der Spitze der Tafel, umgeben von Frau und Kindern, in den eigenen Traditionen gefangen. Doch seine Eltern waren nicht mehr dabei. Ein diffuser Schmerz eroberte seine Brust, wollte ihn schier überwältigen. Bevor er sich der Bekümmertheit ergab, schüttelte er unwillig den Kopf und vertrieb das verstörende Bild.

Seine Verlobte feierte am Heiligen Abend nicht mit ihnen, sondern blieb in ihrer großen Familie. Erst am Christtag würde er mit Lena festlich zusammen sein. Und dabei vermisste er sie nicht einmal. Was sagte das über ihn aus? Oder über ihre Beziehung?

Mit einigem Befremden dachte Lukas daran, wie begeistert sie die Vorweihnachtszeit genoss. Sie schwärmte von all den Vorbereitungen für die Geschenke, die Bäckerei und die Adventfeiern. In ihrer Familie war es üblich, sich zumindest am Wochenende zusammenzusetzen, um im Schein der Kerzen auf dem grünen Kranz kleine Geschichten und Gedichte vorzulesen und gemeinsam Lieder zu singen. Jung und Alt in einem Brauch vereint, selbstverständlich und ohne Hinterfragen.

Sicher, seine Eltern hatten das alles mit ihm früher auch gemacht, bis er vor Unbehagen und jungmännlichem Abnabelungswahn davor geflüchtet war. Wahrscheinlich hatten sie die Gewohnheiten beibehalten, obwohl er längst nicht mehr bei ihnen wohnte. Er wusste es nicht wirklich, hatte nie danach gefragt.

Lenas und seine Familie waren beide auf ihre Art gläubig, auch wenn sie nicht streng katholischen Erfordernissen gemäß lebten. Er erinnerte sich an das Geständnis seiner Freundin, als sie einmal auf dem gemeinsamen Heimweg zum Sternenhimmel aufsahen. Sie glaubte daran, dass da oben in dem unendlichen All irgendjemand oder irgendetwas existiere, was unser aller Schicksal lenkt. Fast entschuldigend hatte sie damals hinzugefügt, dass es auch ein Leben nach dem Tod geben müsse, weil es ihr unbegreiflich wäre, dass die Einmaligkeit eines Menschen für immer ausgelöscht sei und dessen geistiges Kapital, Energie und Seele einfach spurlos von hinnen gingen.

Lukas wollte ihr nicht widersprechen, denn er wusste es besser, welchen Weg wir alle einmal beschreiten. Schließlich hatte er lange genug seziert und blank geputzte Knochen in Händen gehalten, um deren lateinische Namen zu lernen.

Für ihn gab es nur seine und der Kollegen Kunst, neue Heilmethoden und Medikamente, deren Erfolg sich in Prozenten ausdrücken ließe und Geräte, auf denen Kurven und Anzeigen Sieg oder Niederlage aufzeichneten. Und immer mehr Roboter, die den Mediziner unterstützten oder sogar ersetzten.

Gefühle hatte er sich längst abgewöhnt oder zumindest doch perfekt verdrängt, philosophische Exkurse erst recht.

Die flüsternde Stimme in seinem Inneren, die vehement von ihm wissen wollte, wohin denn das Wissen, die Erfahrungen, das erlebte Leid und genossene Glück der Menschen hin verschwänden, wenn doch keine Materie je verloren ging, ignorierte er geflissentlich. Nur nicht grübeln, Fakten hinterfragen oder unwissenschaftliche Erkenntnisse einsickern lassen!

Bald darauf knirschte der Schnee unter seinen Füßen, als Lukas den Weg zur Spitalspforte hinüberschritt. Flüchtig grüßte er den Portier und betrat das Gebäude.

Der gewohnte Geruch schlug ihm entgegen und er empfand ihn heute eigenartigerweise sogar als unangenehm. Er wechselte seinen Mantel, seinen Pullover und seine Hose gegen das frische, weiße Arztoutfit, schlüpfte in die bequemen Pantoffeln und betrat nach gründlicher Desinfektion seine Abteilung, die Intensivstation.

Die Schwestern hatten es sich nicht nehmen lassen, selbst hier einige Tannenzweige und glitzernde Kugeln ins Fenster zu legen und auf die Scheiben Sterne, Engel und Glocken aus Folien zu kleben. Mit der diensthabenden Oberschwester ging er nun von Bett zu Bett und erwiderte die Weihnachtswünsche jener Patienten, die bei Bewusstsein und zu reden imstande waren.

Die Station war nicht voll belegt und alle Kranken zwar in überwachungsbedürftigem, aber nicht akut lebensbedrohendem Zustand.

Nur im letzten Zimmer lag, allein an einige Apparate angeschlossen, ein neunjähriges Mädchen, das bei einem Verkehrsunfall lebensgefährliche Verletzungen erlitten hatte. Seine Eltern waren noch am Unfallort verstorben.

Man hatte alles Menschenmögliche für das Kind getan, aber es hatte in diesen über zwei Wochen zwar Reflexe gezeigt und auf Stimulationen reagiert, aber kein einziges Mal das Bewusstsein wiedererlangt.

Als er nun auf das totenblasse Kindergesicht hinabblickte, überkam ihn eine seltsame Rührung, die er hinter einer betont sachlichen Anweisung zu verbergen suchte. Himmel, er würde doch nicht wegen Weihnachten sentimental werden!

Nach seinem Rundgang stieg er die Stufen ins nächste Stockwerk, um seinen Studienkollegen und Freund zu begrüßen, der wie er zu Weihnachten freiwillig den Dienst übernommen hatte.

Dabei kam er gerade zu einer kleinen Weihnachtsfeier, die die Patienten mit Hilfe der Schwestern vorbereitet hatten. Wogegen er sich den ganzen Tag über gesträubt hatte, musste er hier –

einmal eingeladen – wohl oder übel über sich ergehen lassen. Die nächsten Lieder, eine unvermeidliche Geschichte, ein besinnliches Gedicht.

Die Feierlichkeit ließ ihm dann doch ein Kribbeln den Rücken hinunter rieseln und die unverstellte Freude auf so vielen Gesichtern bescherte ihm beides, sowohl ein schwaches Lächeln als auch diffuses Unbehagen.

Nach einem ‚Frohe Weihnachten, Herr Doktor!‘ kehrte er zur Intensivstation zurück, im Ohr noch die Worte eines bekannten Dichters, die eine Patientin voller Empathie vorgetragen hatte, und die Melodie jenes Liedes, das die ganze Welt erobert hat. „Stille Nacht, heilige Nacht“ – mühsam schluckte er und öffnete die Türe.

Kaum war er in seinem Zimmer, als eine der Schwestern nach Luft ringend hereinstürzte, um ihm mit Tränen in den Augen mitzuteilen, dass die kleine Unfallpatientin aus ihrem Trauma-Zustand erwacht sei.

Blitzschnell im Dienstmodus, eilte er, sich routiniert desinfizierend, Handschuhe und Maske überstreifend, zu dem Mädchen, das ihn mit großen, verwunderten Augen ansah. Leise, fast schleppend war seine Stimme.

Er musste sich ganz nahe hinunter beugen, um die gemurmelten Worte zu verstehen.

„Mama? Papa?"

Es war ein verzweifeltes, heiseres Flüstern und ein ahnender, tief trauriger Blick, der ihn bis ins Mark traf.

„Wo sind meine Eltern?"

Alle in der Abteilung hatten diese Frage erwartet und doch verschlug es ihm den Atem, diese nun tatsächlich direkt zu hören.

Wahrheit oder nicht? Im Team hatten sie darüber diskutiert, wollten Vorsicht walten lassen, sich langsam an das Unvermeidliche herantasten oder auf die Ankunft von Verwandten warten, die bisher noch nicht eruiert werden konnten. Oder vielleicht doch und sie kamen eventuell erst nach den Feiertagen. Er wusste es nicht.

Blitzschnell musste er sich nun entscheiden, ob er lügen sollte oder nicht. Er entschied sich für Letzteres und begann ganz vorsichtig, beinahe hilflos nach Worten suchend, sich an die Realität heranzutasten.

„Weißt du, ihr hattet einen Unfall und du bist sehr schwer verletzt worden. Wir mussten dich operieren und alle diese Geräte dienen dazu, deinen

Zustand zu kontrollieren. Du warst sehr lange bewusstlos und wahrscheinlich kannst du dich an vieles nicht mehr erinnern. Aber das ist nicht schlimm."

Der immer panischere und furchtsamere Blick, der ihn fixierte, ließ ihn mühsam schlucken und sich räuspern. Verdammt, war das schwer, das Unglück auszusprechen.

„Heute ist Weihnachten und das Christkind hat dir etwas gebracht, aber auch etwas mitgenommen. Deine Eltern wurden genauso schwer verletzt wie du, aber sie hatten ganz große Schmerzen und so ist ein Englein gekommen und hat sie zum Christkind geholt. Jetzt sind sie da oben im Himmel, blicken auf dich herab und freuen sich, wenn du wieder ganz schnell gesund wirst."

Lukas atmete einmal tief durch und griff reflexartig nach dem desinfizierten und steril verpackten Plüschteddybären, den ihm die ihn begleitende Schwester kommentarlos in die Arme schob. Keine Ahnung, wie diese so schnell reagiert hatte. Er legte das Spielzeug dem Mädchen vorsichtig in die rechte Hand, die keinen Venenzugang gesetzt hatte, und wartete, in der Hocke, sich am Rand des Intensivbettes festhaltend.

Die Augen der Kleinen verweilten für Sekunden auf dem kuscheligen Tier, dann schweiften sie weiter zu ihm. Die Intensität und Trauer darin zwangen ihn auf die Knie. Das Wissen über die abrupte Veränderung eines ganzen Lebens in ihnen zu sehen, ließ sein Herz stolpern.

Als sich nun das zarte Kinderhändchen von dem Flauschkörper tastend zu der großen Hand des Arztes schob und langsames Begreifen sich in ersten Tränenspuren widerspiegelte, spürte er den klammernden Griff bis in seine Seele hinein.

Sein Herz schmerzte und am liebsten wäre er in die kalte Nacht hinausgestürmt und hätte seinen Frust in den Himmel geschrien oder seinen lauernden Tränen freien Lauf gelassen.

Kein einziges weiteres Wort entkam mehr seinen Lippen, die Situation ließ ihn verstummen. Nur ein heiseres Ein- und stockendes Ausatmen war ihm möglich.

Vorsichtig hob er seine andere Hand und streichelte behutsam über das weiche Haar und die feuchte Wange vor ihm, unbeholfen und mit zittrigen Fingern. Er wiederholte die Bewegung, immer wieder, in einem beruhigenden Rhythmus, bis die zupackende Kraft der kleinen Hand weniger wurde, entspannter. Die gleichmäßigen Atemzüge und monotonen Überwachungsgeräusche verrieten ihm den Schlaf, der die kleine Patientin schließlich übermannt hatte und für ihre Heilung wichtig war.

Sachte entfernte er seine Finger aus der winzigen Mädchenhand und legte sie vorsichtig auf die Decke zurück.

Erschöpft wie nach einem Power-Workout richtete Lukas sich auf und verließ auf Zehenspitzen nun das Krankenbett und ging in sein Zimmer zurück. Ohne Licht zu machen, stellte er sich ans Fenster und starrte in die Dunkelheit hinaus. Er nahm weder die zart tanzenden Flocken wahr noch das leise alles Graue bedeckende Weiß.

‚Da uns schlägt die rettende Stund'….Christus, der Retter, ist da!' – Fragmente des um die Welt geeilten Textes von Joseph Mohr geisterten durch seinen Kopf und die eingängige Melodie von Franz Xaver Gruber meinte er im Ohr zu hören.

Eine stille Nacht draußen und herinnen so etwas wie eine Heilige Nacht. Denn es war ein kleines Weihnachtswunder, dass dieses Kind entgegen aller ärztlichen Erwartungen und formulierten Prognosen dem Leben wieder zurückgegeben war. Wochen würden noch bis zur Genesung vergehen. Und die körperlichen Wunden vermutlich schneller heilen als die seelischen, wenn überhaupt.

Nach dem Krankenhaus, wie würde es weitergehen?

Den Gedanken, was denn das nun für ein Leben wäre, allein als Waise auf die Gnade und Fürsorge anderer angewiesen zu sein, verdrängte er, musste es tun. Er war nicht für alle Probleme der Welt zuständig, seine eigenen reichten ihm völlig.

‚Zynisches Ungeheuer', flüsterte es ihm aus seinem Inneren zu, doch er verdrängte vehement diese unliebsame Stimme.

Es reichte ihm die letzte Stunde, die ihn an emotionale Grenzen herangeführt hatte. Er konnte nicht mit jedem Patienten-Schicksal mitleiden, mit jedem Tod mitsterben, denn dann würde eines Tages nichts mehr von ihm übrig sein. Distanz war notwendig, aber auch Mitgefühl. Hierbei die Waage zu halten, war schwierig, fordernd und ein Balanceakt.

Unruhig fuhr er sich durch seine Haare und über sein Gesicht. Gerne würde er mit der Bewegung alles Unerwünschte, ihn Quälende und Verstörende wegwischen. Mit einem tiefen Seufzer stützte er sich auf dem Fensterbrett ab, glitt dann mit seiner

Rechten langsam auf die Scheibe und betastete das Glas so vorsichtig, als wollte er nun die am Himmel blinkenden Sterne berühren.

Teile von längst vergessen geglaubten, weihnachtlichen Liedtexten fielen ihm ein und zumindest heute waren sein Kopf, sein Herz und seine Seele in Einklang – mit dem kleinen Mädchen ein paar Zimmer weiter und seinem Wunder der Weihnacht.

Die verschwundene Zeit

Es war fast noch Nacht, bloß ein zarter grauer Streifen im Osten am Firmament auszumachen. Innig umarmte der große Mann in dem abgenutzten Parka und den abgetragenen Halbstiefeln seine Tochter, die sich schluchzend an ihn klammerte.

„Sch, sch, ganz ruhig, meine Kleine, sei tapfer. Du hast mir versprochen, stark zu sein und brav, wenn ich nicht da bin. Ich schreibe dir, sobald ich Näheres weiß."

„Hhhmm, ja, bitte", flüsterte die kindliche Stimme, während sich ihre Schultern krampfhaft aufrichteten und ihre Finger die Tränen voller Unmut ob ihrer Schwäche von den Wangen wischten.

Nein, sie wollte ihren Vater nicht noch mehr betrüben, wollte keine weitere Last für ihn sein. Zumindest nicht noch mehr, als sie es ohnehin schon war. Ohne sie wäre er frei gewesen. Frei, um das Tal zu verlassen. Frei, um von der Vergangenheit wegzugehen. Frei, um woanders neu anzufangen.

Doch wegen ihr musste er zurück kommen. Wegen ihr war er gezwungen, in der Fremde Arbeit zu suchen und Geld zu verdienen. Wegen ihr war er an dieses Tal gebunden.

Sie fühlte die Fesseln, die ihn hielten. Die Liebe, dieses unsichtbare Band, des Vaters zu seinem Kind.

Mit einem zagen, tapfer aufgesetzten Lächeln gab sie ihm einen Schubs gegen die Schulter und schob ihn vorwärts, weg von ihr.

„Geh nur, damit du deinen Transport nicht versäumst. Oma und ich kommen schon zurecht. Leb wohl und komm gesund zurück!"

Dann drehte sie sich abrupt um, lief einige Schritte Richtung Haus zurück und sah ihm über die Schulter nach. Sie wollte nicht mehr weinen, er sollte sie tapfer und aufrecht in Erinnerung behalten, nicht gebrochen und verzagt.

Der stattliche Mann stolperte ein paar Schritte, gewann langsam Tritt und verließ sein Zuhause. Sein letzter Blick umfasste ein renovierungsbedürftiges Häuschen, einen leicht schadhaften Stall und eine einsame Gestalt.

Sein Herz war schwer, seine Gedanken belastet und sein Atem seit Jahren schon nicht mehr tief und unbeschwert. Vor allem seit seine Sarah sie verlassen hatte.

Er konnte es noch immer nicht begreifen. Sie hatte sich morgens von ihren Lieben verabschiedet, war zu ihrer Arbeitsstelle als Reinigungskraft in der großen Villa jenseits des Hügels aufgebrochen. Ihr Winken und ihr Lachen von damals waren wie gegenwärtig. Ein Tag wie jeder andere. Und doch ein Tag, der alles veränderte.

Lucy war aus der Schule gekommen, hatte ihm im Stall geholfen, während Großmutter die Mahlzeit zubereitet hatte. Sie alle hatten nur mehr auf Sarah gewartet, um zu Abend zu essen.

Doch statt ihr war ein Wagen vorgefahren und ein Mann in dunkelgrauem Anzug ausgestiegen.

Wie eine Phalanx waren sie sich gegenüber gestanden. Hier der Vater, seine Tochter und Schwiegermutter, als zwar nicht reiche, aber rechtschaffene und solide gekleidete Familie erkennbar. Und dort der korrekt im teuren Businessoutfit gewandete Anwalt, als unpersönlicher Vertreter einer mehr als gut situierten Familie, der deren Widrigkeiten effizient aus der Welt zu schaffen pflegte.

Beinahe monoton hatte er sie über den Unfall von Sarah, ihren Sturz aus dem 3. Stock beim Fensterputzen, informiert und über die Tatsache, dass die Versicherung sowohl das Begräbnis als auch eine Entschädigung für das Unglück bezahlen würde. Und mit einem nun doch ein wenig unbehaglich wirkenden Blick auf das Mädchen einen zusätzlichen Betrag für die Ausbildung des Kindes versprochen.

Seine Erinnerungen verschwammen noch immer, wenn er an das Danach dachte. Er wollte Sarah nicht mehr sehen, wollte sie so, wie sie an diesem letzten gemeinsamen Morgen ausgesehen hatte, in seinem Herzen bewahren. Unzählige Menschen kondolierten, sogar eine Zeitungsnotiz war über das Drama erschienen. Gott sei Dank stand darin nichts von der Tatsache, dass seine Frau schwanger gewesen war. Vage vermeinte er noch die enthüllenden Zeilen des Obduktionsberichts vor sich zu sehen. Sie hatten es nicht gewusst, sie beide nicht.

Und wieder einmal rollten Tränen seine Wangen hinab. Ungehindert jetzt, weil keine sorgenden Kinderaugen ihn beobachteten und er nicht stark sein musste. Schwach sein durfte, so wie er sich seit damals immer fühlte.

Der Verdienst von Sarah hatte ihnen ein halbwegs bequemes Leben gesichert und die Unwägbarkeit des bäuerlichen Daseins ein wenig ausgeglichen. Ohne sie wurde das tägliche Leben langsam, aber stetig zum Kampf. Zu kalte Winter, große Hitze, plötzliche Unwetter, Hochwasser oder Dürre, unerwartete Tierkrankheiten, gefallene Preise und gestiegene Kosten.

Alles, was wohl nicht Gott, sondern der Teufel geschaffen hatte, traf ihn und seine Familie. Selbst Großmutters sonstiger Optimismus versickerte im ausgetrockneten Erdreich. Sie kam nie über die Realität hinweg, ihrem einzigen Kind ins Grab nachsehen zu müssen.

Er hatte gekämpft und bis zum Umfallen gerackert, jeden erreichbaren Nebenjob erledigt, doch nun ging es nicht mehr, zumindest nicht hier in diesem Tal ohne Prosperität. Die Stadt und alle ihre Möglichkeiten waren seine letzte Hoffnung.

Wer arbeiten wollte, musste es doch schaffen.

Und er war bereit, alles Erforderliche, das ihm ehrlich Geld einbrachte, zu leisten. Egal, wie lange. Egal, wie schwer. Egal, wie frustrierend.

Er musste sich auf dieses Ziel fokussieren, musste in die Zukunft blicken, nicht zurück. Wenn er genug gespart hätte, würde er zu seiner kleinen Lucy und ihrem Zuhause zurückkehren.

Nichts ersehnte er mehr. Wenn es doch nur schon soweit wäre!

Als die Gestalt ihres Vaters im Wald Richtung Straße verschwand, sackte Lucy in sich zusammen. Sie musste sich nicht mehr aufrecht halten, nicht mehr fröhlich geben, obwohl sie am liebsten ihren Kopf unter dem Polster und ihren Körper unter der Decke vergraben hätte, um erst wieder hervor zu kommen, wenn ihr Vater zurück und alles wieder in Ordnung wäre.

Aber nie wieder würde alles gut sein. Ihre Mutter fehlte ihr. Ihre Stimme, die ihr als Kleinkind so lebhaft Geschichten vorlas. Ihre Wärme, die sie umhüllte, wenn sie die Arme um ihren Körper schlang. Ihr Lachen, wenn Klein-Lucy drollige Ideen von sich gab. Seltener ihr ernster Blick, wenn es die Tochter zu tadeln galt. Ihr Duft nach Sommerblumen, der sich in ihrem Kopf fest verankert hatte. Ihre graublauen Augen, die sie noch heute in ihren Träumen begleiteten.

Gerade noch Leben, dann Tod. Soeben Lachen, dann Stille. Körper zum Umarmen, dann leere Luft.

Weg, einfach so. Fort, für immer.

Ihre Mutter wäre jetzt im Himmel, würde auf sie herunter sehen. Das hatten die Erwachsenen ihr erzählt.

Sie war vor einem Grab gestanden. Eine tiefe Grube, in die der schlichte Holzsarg mit den roten Rosen obenauf hinabgesenkt worden war. Sie hatte die Worte des Pfarrers gehört, die Versicherung ihres Vaters, dass da drinnen wirklich ihre Mutter läge und jetzt bei den Engeln sei.

Aber geglaubt hatte sie es nicht. Sie verstand es nicht, bis heute nicht. Sie akzeptierte es nur.

Was blieb er denn sonst übrig?

Verzagt schüttelte sie den Kopf. Alles Hadern und Grübeln würden nichts bringen. Sie erledigte schnell ihre Arbeit im Stall, machte sich ihr Frühstück und bereitete sich ihre Jause zu.

Unauffällig entlastete Lucy ihre Großmutter, denn seit dem Tod von Sarah, ihrem einzigen Kind, wurde sie langsamer in ihren Bewegungen, bedächtiger in ihrem Sprechen, sofern sie nicht überhaupt nur vor sich hinstarrend in ihrem Lehnsessel saß. Manchmal murmelte sie vor sich hin oder sprach nur halbe Sätze, verrichtete ihre Arbeit weniger sorgfältig oder vergaß diese überhaupt. Sie war nicht mehr dieselbe wie vor dem Unglück. Genauso wenig wie der Rest ihrer Familie.

Eilig packte Lucy ihre Schulsachen zusammen und machte sich auf den Weg. Dem Himmel sei Dank war sie nicht nur eine gute Schülerin, sondern auch mit schneller Auffassungsgabe, großer Wissbegier und exzellentem Gedächtnis gesegnet.

So behinderten die nötigen Haus-, Feld- und Stallarbeiten ihren Lern-Fortgang in keiner Weise, was sie dankbar registrierte.

Mit schnellen Schritten machte sie sich im frühen Morgenlicht, das einen weitern sonnigen Tag versprach, auf den Weg, durchquerte den Wald und erreichte die Straße, wo vierzig Minuten später ihr Schulgebäude neben der Kirche auftauchte. Einige bekannte Gesichter querten ihren Weg, sie winkte oder grüßte.

Am Ortseingang bemerkte sie aus dem Augenwinkel eine gebeugte, auf einen Stock gestützte Gestalt auf einem der Feldwege. Die Silhoutte war ihr unvertraut. Ohne Gelegenheit, ihrer Neugier nachzugeben, da die Glocke bereits zum Unterricht rief, schüttelte sie bloß unwillig über sich selbst den Kopf. Was ging sie schon eine Fremde an?

Endlich waren die Stunden des Stillsitzens und der oftmaligen Langeweile, weil sie vieles schneller kapierte als ihre Mitschüler, vorbei. Leichtfüßig machte sie sich auf den Heimweg. Die Kühe molken sich nicht von alleine und die Hühner brauchten mehr als gutes Zureden, um sie im Stall vor den Fressfeinden in Sicherheit zu bringen. Ach ja, Karotten sollte sie auch noch für das Abendessen ernten. Das hatte Oma garantiert vergessen.

Ungeduldig und voller Tatendrang überquerte sie die letzte Wiese vor dem Weg zu ihrem Haus, wo der gemauerte Brunnen stand. Nach dem Versiegen der zum Stall fließenden Quelle war dies die einzige Möglichkeit zum Wasserschöpfen.

Unbarmherzig brannte die Sonne vom Himmel. Es war bereits Mittag und jeder Schritt fiel ihr schwerer. Die Zunge klebte ihr am Gaumen und ihre Füße brannten.

‚Die Zeit‘ verharrte in ihrer Bewegung. Sie brauchte Wasser, sofort.

Zu lange schon war ihr Weg, durch Tausende und Abertausende von Jahren, gepresst in das von Menschen erdachte Korsett der winzigen, kleinen, größeren und ganz großen Einheiten. Stoisch ertrug sie die Sekunden, Minuten, Stunden, Tage, Wochen, Monate und Jahre.

Jahrzehnte, Jahrhunderte, Jahrtausende.

Alle hatte sie gesehen, erlebt, erlitten. Nichts konnte sie mehr verwundern, erschrecken, erfreuen oder ängstigen. Alle Wut, aller Hass, alles Glück, alles Unglück, jedes Lachen, jede Trauer – jede Emotion trug sie auf ihren Schultern.

Nun war sie müde, erschöpft. Sie wollte trinken

und ein wenig ruhen, bis sie wieder in alle Ewigkeit weiterwandern würde.

Mit brennenden Augen sah sie sich um. Es war ein hübsches Tal, mit Wiesen und Wäldern, einzelnen Bauernhöfen, grasenden Herden und bestellten Äckern. Es sah idyllisch aus, doch beim genaueren Beobachten bemerkte sie teils Verfall, teils mühsame Anstrengungen, teils zweckloses Kämpfen gegen die Natur. Auch hier waren die Qualen der Erde, das Zurückschlagen durch Wetterextreme klar erkennbar.

‚Die Zeit' seufzte. Sie vermochte nichts zu ändern. Sie musste gehen, immer weiter, immer wieder – rund um die Erde.

Ah, endlich. Ein Brunnen. Das verhieß Wasser. Nichts erschien ihr dringlicher, nichts erstrebenswerter, nichts köstlicher.

Sie ließ den Kübel in die Tiefe, holte ihn wieder herauf und griff nach dem kühlen Nass. Gierig trank sie einige Schlucke, ließ die frische Flüssigkeit über Gesicht und Arme gleiten. Beugte sich vor, um auch ihren Kopf und ihr Haar zu benetzen.

Plötzlich erfasste sie Schwindel und ihr wurde kurz schwarz vor Augen. Dass sie dabei kopfüber in die Tiefe stürzte, nahm sie nicht mehr wahr. Erst als unangenehme Feuchtigkeit durch ihre Kleidung drang, kam sie wieder zu sich. Finsternis umgab sie, glitschige Wände und neben ihr ein Seil. Sie selbst hatte Halt auf einem vorspringenden Stein gefunden. Ihr Körper schmerzte von den Prellungen des Sturzes und den Abschürfungen an Armen und Beinen, doch gebrochen hatte sie sich anscheinend nichts. Für kleine Gnaden musste, so schien es, auch ‚Die Zeit‘ dankbar sein.

Bloß wie kam sie jetzt wieder dort hinauf? Hinauf in das Tageslicht, das wie eine ferne Lichtquelle weit über ihr schimmerte. Sie musste doch weiterwandern, das war ihr Auftrag. Sie konnte nicht einfach stehen bleiben oder verschwinden.

An dem Seil zu klettern war illusorisch. Also blieb ihr nur ihre Stimme. Und so rief sie laut um Hilfe, schrie, bis sie beinahe heiser war.

Lucy griff nach dem Gartentor, um es aufzustoßen, als sie etwas hörte. Sie verhielt in der Bewegung und lauschte.

Nein, das klang nicht nach einem Tier, dieses verzweifelte Wimmern, heisere Stöhnen und Stammeln um Hilfe.

Woher kam das Geräusch? Vielleicht von der Wasserquelle?

Vorsichtig bewegte sie sich weiter und wäre beinahe über einen glatten Eichenstab, oben mit einem Griff zum Gehstock geformt, gestolpert.

„Hallo? Hallo? Ist da jemand?", rief sie aufgeregt.

„Ja, ja, hier unten im Brunnen!", kam die verhaltene Antwort aus der Tiefe. „Mir wurde schwindelig und ich bin abgestürzt. Hilf mir heraus, bitte! Ich muss dringend weiter, sonst bleibt die Zeit stehen!"

Es war eine alte Stimme, zittrig, schwach und heiser. Lucy bezweifelte, dass die Person die Kraft haben würde, auch nur mehr als ein paar Schritte, wieder an der Erdoberfläche zurück, zu tun. Doch sie wollte nicht streiten, alte Leute konnten oft sehr stur und uneinsichtig sein.

„Ruhig, ganz ruhig bitte! Zuerst muss ich Sie herauf bringen.", beschwichtigte Lucy. „Können Sie sich am Seil fest halten? Dann ziehe ich!"

Ein Stöhnen erklang von unten, gefolgt von einem verzagten Jammern.

„Nein, ich habe nicht die Kraft, bin schwach vor Hunger."

„Ich hole Ihnen Brot und Käse, bin gleich wieder da!", versicherte das Mädchen und lief schon davon.

In der Küche traf sie auf ihre Großmutter und versuchte ihr die Lage zu erklären.

„Du liest zu viele Geschichten und hast eine zu lebhafte Fantasie. Da ist nichts im Brunnen, hab doch vor einer Weile Wasser geholt. Mit dem Essen bin ich noch nicht fertig. Hast du schon die Tiere gefüttert?"

„Nein, Oma, mache ich gleich", versicherte ihr Lucy und nahm unauffällig einige Scheiben Brot und ein Stück Käse an sich. Dann eilte sie wieder ins Freie.

„Hier, ich lasse das Essen im Kübel zu Ihnen hinunter!", rief sie in die Tiefe und hörte bald darauf ein gemurmeltes „Danke, Kind, danke!"

„Aber ich muss jetzt meine Arbeit machen, dringend, bevor es Abend wird. Erst wenn das Vieh im Stall ist und Großmutter im Lehnstuhl einnickt, kann ich wiederkommen. Essen Sie und schlafen Sie ein wenig!"

„Ach herrje, lieber Himmel, ich vernachlässige meine Pflicht, ich muss weitergehen, ich muss hinauf, ich muss!"

‚Die Zeit' jammerte und klagte, doch das Kind war längst verschwunden. Sie raufte sich die weißen Haare und stopfte gierig die Bissen in sich hinein.

Schrecklich, auf jemanden angewiesen zu sein. Sie grübelte, wieder und wieder, doch ihr fiel nichts ein. ‚Die Zeit‘ würde verschwunden sein und mit ihr die präzise Skala von eins bis zwölf.

Längst war das helle Rund über dem Kopf der Alten in ein dunkles Blau getaucht. Die Nacht war angebrochen. Verwundert und orientierungslos blickte sie um sich, dann fiel ihr wieder alles ein.

Plötzlich vernahm sie ein Flüstern.

„Sind Sie noch wach?", kam es unsicher von oben.

„Ja, wieder", klang es mürrisch retour.

„Halten Sie sich an dem Kübel fest! Ich versuche, Sie jetzt herauf zu ziehen," kam der Befehl und ‚Die Zeit‘ klammerte sich teils am Holz des Randes, teils am Seil fest. Ihre Finger zitterten, ihre Muskeln protestierten. Sie würde es nicht lange durchhalten.

Lucy zog mit aller Kraft, doch nichts bewegte sich. Sie versuchte es wieder, ein kleiner Ruck, dann wieder nichts. Der Schweiß brach ihr aus, ihre Oberarme brannten, ihre Knie schlotterten und der Hanf grub sich in ihre Handflächen.

„Ich kann nicht mehr!", wimmerte sie und blendete die Flüche, die Befehle und die Klagen aus der Tiefe aus.

Völlig ausgelaugt sank sie an den Rand des Brunnens, umfasste die groben Steine und weinte, schluchzte herzzerreißend. Sie war allein, so allein. Und ihre Tränen fielen in die Tiefe, hinab auf das Nass. Doch plötzlich wurden es noch mehr Tränen. Alle, die an diesem Tag geflossen waren, wurden zu einem zarten Rinnsal, das den Wasserspiegel unten anhob.

„Papa, oh Papa, warum hast du mich verlassen?", jammerte Lucy und wankte zu ihrem Bett. Sie würde am kommenden Tag den nächsten Rettungsversuch wagen. Vielleicht konnte einer der Nachbarn helfen.

Bei Sonnenaufgang stand sie auf, erledigte hurtig ihre Aufgaben und blickte auf die große Wanduhr der Diele, doch diese war stehen geblieben. Wie viel Zeit hatte sie noch, bevor sie zur Schule müsste? Schnell lief sie zum Brunnen.

„Guten Morgen! Hören Sie mich? Ich habe Brot mitgebracht, weiß aber nicht, ob ich noch einen Rettungsversuch wagen kann. Unsere Uhr geht nämlich nicht mehr."

„Kein Wunder", klang es mürrisch herauf. „Ich bin ja ‚Die Zeit' und ohne mich habt ihr Menschen kein Korsett, keine Einteilung, keinen Halt!"

„Aber die Sonne...", stammelte Lucy und blinzelte verwirrt zum Himmel Richtung Osten.

„Dummes Ding", grummelte die Alte von unten. „Sonne, Mond, Sterne, ja alle Planeten sind das Universum, das schon immer besteht und noch lange nach dir existieren wird und sich nach seinem eigenen Lauf bewegt. ‚Die Zeit' habt ihr Menschen erfunden, mit eurem Drang, alles in Regeln, Korsetts, Skalen und Tabellen zu pressen. Und weil ich hier unten gefangen bin, steht dieser euer 24-Stunden-Zyklus eben still."

Kopf schüttelnd fasste das Mädchen einen Entschluss, stürmte zum Nachbarn und rüttelte an der Tür.

„Bitte, bitte, helft mir, es ist etwas in den Brunnen gefallen und ich kann es nicht herauf holen."

„Lüg mich nicht an, listige Lucy. War grad unten und da war absolut nichts. Willst dir bloß Unterstützung schaffen beim Wasserschöpfen. Hab keine Zeit! Schau, wie du zurande kommst, ohne deinen Vater!"

Völlig perplex starrte die Kleine auf das

Eingangstor, das vor ihrer Nase zuschlug.

„Na gut, dann zum anderen Nachbarn", ermunterte sie sich und lief davon.

Wieder hämmerte sie ans Holz und hatte ein Déjà-vu.

„Meine Güte, nerv uns nicht, lästige Lucy. Wir haben selbst genug zu tun. Verschwinde!"

Vollkommen verzagt und ratlos eilte sie zum Brunnen zurück und wiederholte ihre Bemühungen mit dem Seil. Sie zog und zerrte, aber es ging immer nur ein winziges Stück aufwärts, dann verließen sie ihre Kräfte. Ihre Anstrengung riss Löcher in ihre Ärmel und zerfetzte ihren Rock. Ihr Gesicht war schweißbedeckt und mit Erdspuren verziert, als sie sich darüber wischte. Die Handflächen bluteten und sie reinigte und verband sie schnell, bevor sie zur Schule aufbrach.

„Am Abend komme ich wieder", versprach sie der Alten. „Bitte hab Geduld!"

Dann ließ sie noch ihre Jause für ‚Die Zeit' hinunter. Sie war jung, sie konnte eine Mahlzeit entbehren.

Sie rannte, weil sie keine Ahnung hatte, ob die Glocke schon den Unterricht eingeläutet haben würde. Erst als sie keuchend eintraf, dämmerte es ihr, dass ja auch hier die Uhren nicht funktionieren würden.

Missbilligende Blicke trafen sie, als sie die Klasse betrat.

„Lumpen-Lucy, wie siehst du denn wieder aus? Kann deine Großmutter nicht besser für dich sorgen?", begleitete sie der Kommentar der Lehrerin zu ihrem Platz in der hintersten Reihe.

Das gemurmelte „Der Vater hätte hier bleiben sollen, statt nach dem Geld in der Stadt zu jagen, Hirngespinste!" erreichte ihre Ohren und beschämte sie noch mehr. Am liebsten hätte sie sich in Luft aufgelöst.

Doch selbst die unangenehmsten Stunden hatten schließlich ein Ende und Lucy lief zurück nach Hause.

Als sie am Brunnen vorbei kam und die Nachbarn davor diskutierend stehen sah, schöpfte sie schon Hoffnung, nun doch Hilfe bei ihrem Rettungsvorhaben zu erhalten.

„He, Lügen-Lucy, wo ist denn deine Person, die angeblich da hinunter gefallen sein soll? He?"

„Da ist niemand, wir haben uns vergewissert!"

„Such dir wen anderen für deinen Schabernack!"

„Und deine Märchengeschichten.... So ein unverschämtes Ding!"

Maulend und schimpfend zogen die Männer von dannen.

Heiß und kalt lief es Lucy über den Rücken, ihr Herz raste und ihre Finger zitterten.

War ‚Die Zeit' gestorben? Oder womöglich von selbst herausgeklettert? Angst und Hoffnung schossen gleichermaßen durch sie.

Vorsichtig näherte sie sich dem Brunnenrand, spähte hinab und flüsterte: „Bist du noch da? Hörst du mich?"

„Ja, klar bin ich noch da. Wo sonst sollte ich sein? Komme ja allein nicht hinauf!", grantelte die alte Stimme von unten. „Deine Nachbarn sind ja nicht nur blind, sondern auch blöd. Und gemein obendrein!"

Vor Erleichterung fing Lucy wieder zu weinen an. Das war alles zu viel für sie.

Doch von ihr unbemerkt, füllten ihre Tränen weiter den Schacht und hievten ‚Die Zeit' ein Stück nach oben.

„Nachdem ich mich dir geoffenbart habe, kann ich es sonst keinem Menschen gegenüber mehr tun.

Du bist die Einzige, die mich retten kann."

„Ich verstehe", flüsterte die Kleine. Nein, sie durfte nicht zusammenbrechen, nicht aufgeben. Ihr Vater hatte es nach Mutters Tod auch nicht getan. Sie musste stark sein.

Und so zog sie am Seil oder schluchzte, stundenlang, tagelang, nur unterbrochen von ihren Pflichten in Haus, Hof und Schule.

‚Die Zeit' erzählte ihr dafür aus ihrem Leben und fragte Lucy eines Nachts nach ihren Wünschen. Die Alte rechnete damit, dass sie von schönen Kleidern, Reisen oder Geld träumen würde, aber nein.

„Ich will nur, dass mein Papa zu mir zurück kommt, damit ich nicht so allein bin", gestand sie. „Und vielleicht noch, dass Großmutter nicht so verloren wirkt", fügte sie flüsternd an.

„Was hilft viel Geld?", fragte die Kleine in die Nacht und starrte in den tintenblauen Himmel über ihr. „Das Verdienen davon hat mir meine Mama geraubt", hauchte sie und hoffte inständig, dass einer der vielen, vielen Sterne über ihr ihre Mutter wäre, die auf sie herabschaute und über sie wachte.

Und dann überwältigte sie wieder der Verlust. Die Trauer überrollte sie erneut und ihr Herzeleid, ihr Elend, ihre Verzweiflung ergossen sich in

Tränenströmen die feuchten Wände hinab.

Wie durch Zauberkraft vereinigten sich alle anderen geweinten Tränen dieser Tage und hoben den Wasserstand, bis eines frühen Morgens Lucy mit ihren letzten Kräften ‚Die Zeit' über den steinernen Rand des Brunnens ziehen konnte.

Unendlich müde, aber glücklich umarmte sie die alte Frau, strich durch ihre schlohweißen Haare, streichelte über die Runzeln ihres Gesichtes und den ausgemergelten, gebeugten Körper. Lucy zwang sie, noch etwas von ihrem Frühstück zu essen. Wollte sie halten und am liebsten nicht mehr los lassen, so erleichtert, ja fast euphorisch fühlte sie sich.

Doch ‚Die Zeit' löste sich vorsichtig von ihr, tätschelte ihre kindlichen Wangen und drückte ihr etwas in die Hand.

„Hier, das sind die metallenen zwölf Einteilungen meiner Skala – zur Erinnerung. Sie sind in der Nässe rostig geworden, hab mir welche aus Holz gebastelt da unten."

„Danke, danke", stammelte Lucy und weinte schon wieder. ‚Besteht das Leben nur aus Abschieden?' fragte sie sich im Stillen.

„Nein, meine Kleine, auch aus ganz viel Willkommen", antwortete ‚Die Zeit', als ob sie sie gehört hätte. „Ich muss weiterwandern, aber ich werde dich in Gedanken immer begleiten und vielleicht sehen wir uns eines Tages ja wieder.“

Dann nahm sie ihren Eichenstock auf, stützte sich schwer auf den gebogenen Griff und winkte matt, als sie sich nach Westen wandte.

Über die Schulter blickend meinte sie noch: „Alle Wünsche kann selbst ‚Die Zeit‘ nicht erfüllen, aber einige sicher. Leb, wohl, Lucy!“

Bald war sie auf den Gipfel des Hügels gehumpelt und in dem Wald dahinter verschwunden.

Lucy starrte ihr lange nach, versunken in ihre Gedanken und grübelnd über ihr ominöses Erlebnis.

Als sie das Vieh versorgt hatte, Blumen und Gemüse gegossen waren, trat sie ins Haus und blickte neugierig zur großen Uhr. Sie blinzelte, einmal, zweimal. Tatsächlich, sie ging wieder, die Zeiger bewegten sich vorwärts.

Lachend und erleichtert legte sie sich diese Nacht ins Bett, schlief endlich wieder tief und vor allem traumlos.

Als sich die Morgenröte in ihr Zimmer stahl,

sprang sie ausgeruht auf, wusch sich, kleidete sich an und begann mit ihrer üblichen Routine in Haus und Hof. Da Sonntag war, hatte sie etwas mehr Zeit für sich. Sie würde sich ein Buch nehmen, unter den alten Apfelbaum setzen, lesen und manchmal zum Brunnen hinüber blicken.

Sie griff nach ihrer Schürze, da klapperte es metallisch und etwas fiel vor ihr zu Boden. Ach ja, die Erinnerung an ‚Die Zeit‘, die sie ihr in die Hand gedrückt hatte.

Lucy bückte sich, griff danach und zuckte verblüfft zurück. Keine rostigen Eisenstücke lagen vor ihr, sondern lauter Goldstücke. Vorsichtig sammelte sie diese ein und versteckte sie unter ihrem Bett.

Ihr Herz wurde leicht, vor Freude wollte sie am liebsten springen und singen. Nein, nichts so Überdrehtes, nur ein Gebet oben bei der kleinen Kapelle.

Dann lief sie die Stufen aus ihrem Dachstübchen hinunter und hinaus ins Freie, ließ ihren Blick wie gewohnt eine Runde schweifen. Da entdeckte sie eine Gestalt in der Ferne, die genau auf ihren Hof zuhielt.

Wenn sie es nicht besser wüsste, hätte sie an eine Fata Morgana geglaubt und ihren Vater zu erkennen vermeint. Doch das konnte nicht sein. Er war ja fort, in der großen Stadt, um einen Job mit mehr Lohn zu ergattern.

Aber wie hypnotisiert verfolgte sie jeden Schritt des großen, kräftigen Mannes. Er trug eine gesteppte Jacke, eine feste Hose, ein kariertes Hemd und einen feinen Wollschal, an den Füßen neue Lederboots.

Sie zwinkerte ein paar Mal, atmete tief durch, blinzelte wieder, bis die Erkenntnis ihrer Augen in ihren grauen Zellen landete.

Dann lief sie los, fuchtelte mit ihren Armen, schrie „Papa, Papa!" Und landete mit einem Sprung in seinen Armen, völlig sicher, dass er sie auffangen würde.

„Meine Kleine, meine Kleine, meine Lucy", stammelte er in ihr Haar und küsste ihre Stirn.

„Ich hab genug Geld verdient, ich kann ab jetzt bei dir bleiben. Wir werden den Hof renovieren, den Stall in Ordnung bringen, vielleicht noch Tiere kaufen und beim Anbau auf den Feldern etwas Neues probieren."

Er drehte sie im Kreis, wirbelte dann mit ihr im Tanzschritt über den Hof.

„Werde dir später alles genau erzählen und du berichtest mir, was hier alles passiert ist", sprudelte es voller Optimismus aus dem Mann.

„Aber zuerst frühstücken wir, ich habe einen Mordshunger!“

Schwindlig vor Glück ließ sich Lucy mitziehen, blickte von Ost nach West über den ganzen Himmelsbogen und sandte einen Dankeschoral zum Firmament.

‚Die Zeit‘ hatte Wort gehalten, ihr Vater war zurückgekehrt.

MAIREAD
DAS MÄDCHEN, DESSEN NAME
‚DIE PERLE' BEDEUTET

Es war einmal vor langer Zeit im Herzen des Alten Kontinents ein junges Ehepaar, das sich sehnlichst ein Kind wünschte. Und wirklich erfüllte das Schicksal nach Jahren des Wartens ihren Herzenstraum.

Doch das kleine Menschenkind, ein Mädchen, bereitete – ungewollt – von Anfang an seinen Eltern Sorgen. Es hatte es nämlich besonders eilig, auf diese Erde zu gelangen. Um über sechs Wochen zu früh erblickte es das Licht der Welt, in jenen Tagen noch Grund für Bangen, da es in einem Inkubator liegen und mittels Trichter ernährt werden musste. Zudem verringerte eine Neugeborenengelbsucht (Icterus neonatorum) das Geburtsgewicht der kleinen Erdenbürgerin von 2,20 kg auf nur mehr 1,90 kg.

Doch die Kleine war schon von Beginn an eine Kämpferin und überwand ihre Startschwierigkeiten.

Nicht zufällig wurde sie in einem der Sternzeichen des Feuers geboren. Ihr Planet war der Mars, ihr Stein der Diamant, ihr Tierzeichen der Widder.

Sie wurde Mairead getauft, andernorts als Margarete, Marguerite oder Margery bekannt. Ein Name, im Mittelalter durch die Hl. Margarete von Antiochia (3./4. Jh.n.Chr.) sehr verbreitet. Das altgriechische Wort μαργαρίτης *margarítēs* stammt vermutlich ursprünglich aus dem Persischen mit der Bedeutung ‚Kind des Lichts‘ (gemäß der Vorstellung der Perle als Tautropfen, der durch Mondlicht verändert wurde).

Ihre Eltern wollten mit der Namenswahl ihre für sie besondere Bedeutung als ‚Perle‘ und ‚Licht‘ ihres Lebens betonen.

Damit es dem kleinen Mädchen auch an nichts fehle, gingen Vater und Mutter arbeiten, was die gemeinsamen Stunden sehr begrenzte, denn der Beruf forderte die beiden sehr.

Verweigerte Aufstiegschancen, egoistische Kollegen, erzwungene Überstunden, massenweise Arbeit nach Hause mitgenommen oder Vorbereitungen für den nächsten Tag zu treffen – so vieles war essentieller als die Kleine. Oft wurde die Tochter schlecht gelaunt beiseite geschoben, halbherzig vertröstet oder unwirsch zum Lernen oder Spielen geschickt.

„Sei still, störe nicht! Einem intelligenten Kind ist nie langweilig! Du bist groß genug, um dich selbst beschäftigen zu können! Sei ruhig, lies brav, du verstehst die Erwachsenen sowieso nicht."

Eine Litanei im Kopf – wie mit Kopierpapier Jahr um Jahr in ihre Erinnerung übertragen.

Nur um auf der anderen Seite mit Kleidung, Schmuck, Spielsachen und ausgedehnten Reisen durch Europa verwöhnt, ja überschüttet zu werden.

Was hätte sie für eine aus tiefstem Herzen kommende Umarmung und liebevolle Akzeptanz ihrer selbst gegeben!

Dafür jedoch passten ihre im angebauten Haus wohnenden Großeltern mütterlicherseits auf sie auf und mit kindlicher Liebe hing sie an ihnen, schenkten sie ihr doch die ersehnte Geborgenheit, aufmerksame Zuwendung und bedingungslose Liebe. Gaben ihr

Antworten auf ihre oft schier endlosen Fragen oder versuchten es zumindest, trösteten und richteten sie auf, wenn Gleichaltrige sie verspotteten, auslachten oder hänselten oder selbst vor körperlichen Angriffen nicht zurückschreckten. – Jahrzehnte später sollte man ‚Mobbing‘ dazu sagen.

Das Haus, in dem das Mädchen heranwuchs, stand etwas abseits in jener Stadt. Die Kleine hatte keine Menschenkinder zum Spielen, nur sich selbst, ihre Großeltern und die Schar Tiere, die fortan in wechselnder Folge ihr Leben bereichern sollten.

Zu Besuchen begleitete sie zumeist ihren Eltern.

Die manchmal ebenfalls anwesenden Kinder der anderen Erwachsenen ignorierten sie oder wandten sich nach vergeblichen Kontaktversuchen, sie war dafür zu schüchtern und unsicher, schulterzuckend oder Gehässigkeiten von sich gebend von ihr ab.

‚Schweinchen-Auge‘, ‚dicke Prinzessin‘, ‚dumme Pute‘, ‚Stummerl‘ (= sprachgestört), ‚Weinberl‘ (= Einschleimer), ‚patscherte Blunzn‘ (= plumpe, schwerfällige Frau), ‚fade Nockn‘ (= Langweilerin) – was auch immer den anderen an Beleidigungen einfiel, es perlte an ihr ab, mit einer erzwungen stoischen Miene und einem alles und nichts sagenden Lächeln auf den Lippen – nur im Kopf ein

Kanonenfeuer an unflätigen Ausdrücken von sich gegeben und ein Arsenal an Waffen gezückt.

Alle Beobachtungen und Erfahrungen, alles Gehörte und Geflüsterte, jeder Geruch und jedes Geräusch für immer gespeichert in ihrem Kopf, ihrem Herzen, ihrer Seele.

Schließlich begann eines Tages der von den Eltern angedrohte ‚Ernst des Lebens‘ – das Mädchen wurde zur Schülerin. Es lernte brav, war fleißig und strebsam, denn die Wissbegier auf alles Neue war groß. Seine Mutter förderte und forderte es, Lob kam hingegen nur spärlich und war häufig mit einem ‚ABER‘ garniert. – Aber die Tochter hätte noch besser sein können, – aber sie hätte genauso gut wie Karin, Susi oder wer auch immer sein müssen, – aber sie hatte sich zu wenig angestrengt, – aber es hätte statt einer Eins eine Römisch Eins sein können, – aber sie hatte zu wenig geübt etc., etc.

Anerkennung war selten genug, SIE war nie genug.

Das senkte ihren Kopf, beugte ihre Haltung, verhinderte jegliches Selbstbewusstsein.

Und im Sommer, wenn andere Kinder übermütig im Wasser spielten, in Rudeln mit Rädern die Gegend erkundeten oder kichernd im Eissalon beisammen saßen, durfte sie auf Reisen gehen und die weite Welt sehen.

Fremde Städte, andere Sprachen, hunderte Sehenswürdigkeiten. Unbekannte Gerüche und neue Genüsse. Historische Details und epochale Bauwerke. So viele Eindrücke, dass diese sowohl euphorisch als auch frustrierend wirkten. Manchmal wie ein Märchen empfunden und manchmal wie eine kaum zu ertragende Last.

Damals war das kleine Mädchen oft nicht sehr dankbar für all diese Impressionen. Doch man muss verzeihen, es war noch zu klein, um vernünftig zu sein.

Aber später als Erwachsene, glaubt mir, da hat es seine Erlebnisse, Erfahrungen und Eindrücke zu schätzen gewusst. Ein Reichtum an Erinnerungen als das Leben ihren Weg schmaler, steiniger und frustrierender machte. Und die Sehnsucht nach dem Davonfliegen alles war, was blieb.

Das Mädchen kam mit der Zeit in eine andere, größere, höhere Schule. Selbst hier war es beim Lernen ein Sonnenschein für seine Eltern. Was diesen jedoch Sorge bereitete, war das Erkennen, dass niemand so richtig ihrer Tochter eine Freundin sein wollte. Sie luden zwar andere Gleichaltrige ein, gaben Feste, Partys und bemühten sich, ihrem Kind zu helfen.

Aber alle Versuche waren erfolglos. Im Innersten blieb Mairead-Margarete-Marguerite-Margery allein. Sie kam sich nicht nur viel erwachsener und reifer vor als ihre Altersgenossen, sondern auch seelisch verletzter. Sie hatte sich in eine Muschel wie ein Einsiedlerkrebs zurückgezogen. Nur der Teil von ihr, den sie sehen lassen wollte, ragte in ihre Umwelt, der Rest blieb vor aller Augen verborgen. Ihre Gedanken und wahren Gefühle hinter einem Sphinx gleichen Lächeln versteckt.

Und sie gelobte sich, dass diesen empfindlichen Teil von ihr nie jemand zerstören würde. Doch wann hatte das Schicksal jemals einen Schwur berücksichtigt?

Erst viel später hat sie mir erzählt, dass sie oft das Gefühl gehabt hätte, zwar mitten unter Menschen zu leben, aber wie durch eine unsichtbare Glaswand von ihnen getrennt zu sein. Dass sie manchmal inmitten einer lustigen Gesellschaft saß und sich dabei überflüssig, ja einsam vorkam.

Sie dachte viel über sich und andere nach, grübelte stundenlang. Und vielleicht war es ihr Fehler, nach dem Warum zu fragen, den Dingen auf den Grund gehen und diese analysieren zu wollen.

So zogen wiederum viele Jahre ins Land und das Mädchen war nun schon groß und bereitete sich auf die letzte Prüfung in seiner Schulzeit vor.

Da traf ein schwerer Schicksalsschlag die nur scheinbar in sich fest verwurzelte Teenagerin.

Sie musste mitansehen, wie ihr Opa von einer schrecklichen, unheilbaren Krankheit dahingerafft wurde. Seine Schmerzen hallten in ihrem Innersten wider und sein langsames, qualvolles Sterben im Haus nebenan, das so sehr jahrelang ihr Kokon und sicherer Rückzugsort gewesen war, veränderten ihre unschuldige, fast naive Sicht auf ihre Umwelt.

Sie wurde binnen Monaten erwachsen.

Hatte sie zuvor schon kein lebenssprühendes Temperament, so war sie jetzt noch viel ernster und in sich gekehrter. Die Begegnung mit dem Tod ließ sie reifen und ihre Kindheit wie ein altes Kleid abstreifen.

Trotz ihrer Verzweiflung und Traurigkeit, der Stunden an Ablenkung durch Grübeln, sinnlosen Fragen nach dem Warum und letztlich ergebener Resignation konnte sie die Abschlussprüfung mit ‚gutem Erfolg‘ hinter sich bringen.

Da ihre Mairead-Margarete-Marguerite-Margery klug, wissbegierig und lernfreudig war, wollten die Eltern ihrer Tochter ein Studium ermöglichen.

Durch die allgemeine Lage und Weitsicht von Mutter und Vater kam es dazu, oder besser gesagt, ließ sie sich dazu überreden, dass sie nicht jene Fächer wählte, die ihr gut gelegen wären, sondern jene Richtung einschlug, die schon ihr Vater gegangen war.

Ich glaube, unser Mädchen hat die Entscheidung trotzdem nicht bereut.

Obwohl es bei der ersten großen Prüfung einmal durchfiel, blieb es hartnäckig auf seinem vorgegebenen Weg, trotz oft überfüllter Hörsäle, abgehobener Professoren, intriganter Kommilitonen, manchmal langweiliger Lerninhalte oder so mancher unerwartet auftauchender Schwierigkeit.

Zwar warf eine schwere Krankheit die Studentin in ihrem Fortstreben wieder zurück, ließ zwei Semester ohne jegliches Weiterkommen vergehen, doch endlich nach der Genesung von ihrer viralen Lungenentzündung konnte sie nach Monaten des Aufholens einen Erfolg verzeichnen und den ersten Studienabschnitt vollenden.

Ihre Erleichterung und Freude waren grenzenlos. Sie hatte es tatsächlich geschafft.

Nun stand der Sommer verheißungsvoll vor der Tür und mit ihm eine wunderbare, eindrucksreiche Reise über den großen Teich auf einen anderen Kontinent, hin zum Land der sogenannten unbegrenzten Möglichkeiten.

Selbst die Tatsache, dass die junge Studentin nicht mit anderen Gleichaltrigen dieses Abenteuer erlebte, sondern wie immer im Schlepptau ihrer Eltern dümpelte, verringerte nicht ihre gespannte Vorfreude und letztendlich ihr Glücklichsein.

Wochenlang war sie voller Staunen über die Wunder der Natur, sah eine Vielfalt von Landschaften und spürte die unendliche Weite dieses Landes zwischen Atlantik und Pazifik.

In letzteren, unerwartet kalt und wild schäumend, streckte sie in Kalifornien sogar vorwitzig ihre Zehen aus und berührte die anbrandenden Wogen auf den glitschig mit Tang oder Moos überzogenen Felsen..

Sie kam sich so klein, kurzlebig und vergänglich vor gegenüber den Millionen von Jahren, die ihr aus den Gesteinsschichten des Grand Canyons, des Arches-Nationalparks oder des Bryce Canyons entgegenblickten.

Der Grand Canyon, diese steile, etwa 450 km lange Schlucht im Norden des US-Bundesstaats Arizona, die über Jahrmillionen vom Colorado River mit der Kraft des Wassers ins Gestein des Colorado-Plateaus gegraben wurde, war ein Wunder, das sie staunend in sich einsog.

Wenn Steine sprechen könnten, was würden sie uns alles erzählen?

Doch kein Licht, wo nicht auch ein Schatten fällt.

Nach der Euphorie der Reise, der Sichtung und Ordnung aller Fotos, der begeisterten Schilderung des Erlebten ihren Kolleginnen gegenüber schlug das Schicksal wieder zu.

Mairead-Margarete-Marguerite-Margery musste erneut ins Angesicht des Todes blicken, der ihr ihre über alles geliebte Oma, die Beschützerin ihrer Kindheit und gute Seele so vieler Jahre, erbarmungslos entriss.

Dahingerafft vom Krebs.

Wo Leben war, blieb nur mehr die Erinnerung. Wo Worte waren, gab es nur noch Stille. Wo Zuversicht war, starrte ihr Verzweiflung entgegen.

Und die Frage nach dem Warum. Sinnlos wie immer.

In dieser Zeit des seelischen Wankens und Suchens nach Halt erwachte die Frau in ihr und ein Paar braungrüner Augen sah sie an. Worte tasteten sich voran, Vertrauen gesellte sich zögernd hinzu, Gedanken offenbarten sich und irgendwann überschritten Gefühle die Brücke vom Ich zum Du.

In ihren Kinderträumen hatte sie auf den Prinzen, vielleicht sogar hoch auf einem weißen

Ross, gewartet, der sie holt und ein Leben lang liebt sowie verwöhnt. Doch nun hatte sie keine nebelverhangenen Illusionen mehr, wollte nur ein kleines Glück, Geborgenheit und liebende Arme um sich.

Strikte Planung der nächsten Jahre, ein hochfliegender Lebensentwurf und opportunistische Kontaktknüpfung – nichts davon schien für sie greifbar, alles nur auf Sand gebaut. Das Leben hatte sie dies gelehrt.

Vielleicht gab es eine Diskrepanz zwischen ihrem Denken und ihrem Alter oder einfach nur eine Summe von Erfahrungen, Beobachtungen und Grübeleien. Kein Übermut, keine Leichtigkeit des Seins, wenig Lachen, noch weniger Spaß.

Das war ihr wahres Ich, ihre Persönlichkeit, ihr Charakter. Und das Einzige, das sie in die Waagschale werfen konnte, denn ihr Aussehen war, in einer Zeit, die immer mehr nach schönem Schein gierte, nur gewöhnlich und ihr Wissen bloß durchschnittlich, wirklich nichts Besonderes.

Aber vielleicht übte sie gerade wegen dieser persönlichen Gegensätze eine gewisse Anziehung und Faszination auf jene aus, die sich die Mühe machten, sie kennenzulernen.

Sie war wie ein Quell, dessen Tiefe man nur ahnen, aber unbedingt erkunden wollte.

Ihr müsst wissen, dass sie nur sehr zögernd Fremden vertraute, so auch mir. Doch dann erzählte sie mir ihre Geschichte, bis hin zu ihrer großen Liebe.

Aber unsere Wege haben sich getrennt und ich kenne den Rest ihres Lebenslaufes nicht.

Was wird das Schicksal ihr gebracht haben? Wer weiß es?

Sie hatte letztendlich ihr Gegenstück gefunden, den EINEN Menschen, wo Seele an Seele rührt und Herz ein andres Herz tangiert.

Mairead-Margarete-Marguerite-Margery wird es nicht leicht gehabt haben, in ihrer Ernsthaftigkeit, Tiefgründigkeit und Sehnsucht nach Anerkennung.

Hat die Liebe sie über Steine und Hürden hinweggetragen? Konnte sie ein Ziel im Leben finden? Waren Hoffnung und Zuversicht wie Flügel für ihre Herzensenergie?

Brachten Geduld und Einfühlungsvermögen sie weiter? Blieben ihr zu viele Rückschläge, Wut, Enttäuschungen, Trauer und Tränen erspart?

Schenkten ihr genügend Menschen, Dinge oder Orte jene Kraft, die sie in ihrem Alltag brauchte?

Konnte sie, zumindest für kurze Zeit, wirklich Glück und Freude empfinden?

Vielleicht kannst du mir, blinkender Stern am Firmament, der sie begleitet hat, von ihr erzählen.

Lass mich eines Tages meine Geschichte vollenden – über ein ganz gewöhnliches Mädchen, dessen Name ‚die Perle‘ heißt.

DIE ALTE FRAU MIT DEN ZÜNDHÖLZERN

*H*elga ballte unwillkürlich die Fäuste, wirkte ungeduldig und gerade noch höflich.

„Nein, Jana, geh nur, ich komme zurecht. Fahr endlich nach Hause, damit du Weihnachten mit deiner Familie verbringen kannst. Du hast schon genug für mich getan. Wirklich, ich bin froh, wenn ich die Feiertage ganz für mich allein verbringen kann."

Mit autoritärer Stimme blockte die alte Frau jedes weitere, eher halbherzig vorgebrachte Argument ihrer Heimhilfe ab. Sie wollte die junge Frau nicht brüskieren oder undankbar erscheinen, aber ihre betuliche Art und beinah aufdringliche Fürsorge an diesem Hl. Abend gingen ihr schwer auf die Nerven.

Brav war sie auf den Friedhof mitgegangen, weil man doch zu Weihnachten dort ein Licht entzünden und ein zumindest kleines, weihnachtliches Gesteck deponieren müsse. Pflichtschuldig hatte sie einige Minuten verharrt, ihr übliches Gebet im Geist heruntergeleiert und wollte dann nur mehr weg. Sie hatte Kälte vorgeschützt, um von den Gräbern flüchten zu können. Nein, sie fand ihre Lieben nicht dort, sondern überall anders, vor allem in ihrem Herzen und in ihren Erinnerungen.

„Ja, ja, danke für alles, lass deine Lieben schön grüßen", versicherte sie ihrem Gegenüber und schubste sie zur offenen Autotür. Jana wehrte sich nicht mehr gegen die bestimmte Alte, stieg ein und fuhr davon. Sie winkte noch beim offenen Fenster und rief „Frohe Weihnachten!"

„Dir auch! Frohe Weihnachten!", schallte es ihr nach, als ihr Wagen um die Kurve bog.

„Endlich Ruhe und Frieden", murmelte Helga und schlurfte den Weg vom Gartentor zurück zur Haustür, knallte diese eher unsanft zu und atmete erleichtert auf.

Für Momente verharrte sie an die Türe gelehnt, die Augen geschlossen. Halb erwartete sie ein Tapsen von Pfoten zu hören und eine feuchte Schnauze an ihrer Hand. Doch da war nichts, kein Laut, kein weiches Fell, nur Stille und Leere, die sie wie ein enger Mantel umgaben, der scheinbar mit jedem Tag noch einschnürender wurde. Immer mehr zusammengepresst, dass es ihr den Atem und jede Energie raubte.

‚Nein, nicht dem momentanen Gemütsaufruhr nachgeben, sich nur auf den Augenblick konzentrieren', ermahnte sie sich und schleppte sich Richtung Küche weiter.

Durch den kühleren Gang, vorbei am Wohnzimmer, bis zum gedeckten Tisch. Überall sah sie Weihnachtsdekoration, Sterne, Engel, Glocken, aus Glas, Stroh oder Filz, Tannenzweige, Zapfen und Stechpalmen, teils in Natur, teils in Gold, wenigstens noch ein wenig Nadelduft verbreitend.

Vor allem ihre zweite Heimhilfe Dariya war ihr Ende November hartnäckig in den Ohren gelegen, bis sie auf den Kasten mit den Kisten voller Weihnachtsschmuck, adventlicher Ziergegenstände und kleiner Kunst-Christbäume sowie Kerzen, Lichterketten, Schneekugeln und Wasserlampen gezeigt hatte. Mit Begeisterungsrufen und voller Eifer hatte diese dann die Zimmer geschmückt, bis hin zu Bad und WC.

Der Effekt war wirklich wunderschön, festlich, ein wenig kitschig und ein Strahlen verbreitend, das ihr schon lange abhanden gekommen war, äußerlich wie innerlich. Sie selbst hätte sich nicht die Mühe gemacht, für rund sechs Wochen, Advent und Weihnachtszeit bis hin zum Dreikönigstag, die Kisten und Schachteln auszuräumen, nur um dann alles wieder wegzupacken.

Sicher, sie war Dariya für ihre Bemühungen dankbar und genoss das stilvolle Ambiente. Sogar ihre drei kleinen, künstlichen Christbäume mit der LED-Beleuchtung hatten ihren Platz in Schlaf- und Arbeitszimmer sowie Küche gefunden. Auf einen Schalter gedrückt und schon erstrahlten sie, ohne jegliche Gefahr, einen Brand durch echte, brennende Kerzen zu verursachen.

Bedächtig schlenderte Helga durch ihr Haus, ließ den Blick schweifen.

Ihre Augen fokussierten sich auf einzelne Stücke. Dort die Wasserlampe in Form einer englischen Telefonzelle in ihrem typischen Rot, innen ein singendes Paar in Regency-Kleidung und Schneeflocken um sie tanzend – ein Sujet, das ihr Gatte so bezaubernd gefunden hatte. Oder der riesengroße, die komplette WC-Türe bedeckende Adventkalender mit der winterlichen Berglandschaft und den Rodeln ziehenden Kindern zwischen Tannenbäumen – ein Geschenk von ihm, das er ihr aus einer kleinen Wiener Papierhandlung mitgebracht hatte.

Und auf den Ästen der Weihnachtsbäume so manches uralte Stück, teils noch von ihrer Oma stammend, das Silber bereits ziemlich abgenutzt und fleckig, manche Ecke abgeschlagen oder mit hart getrockneten Wachsresten verunziert. Aber alle Teile noch handgemacht, aus richtigem Glas gefertigt, nicht aus Plastik am chinesischen Laufband.

Sie seufzte. Früher war wirklich das meiste

besser. Und nein, sie verklärte nicht die Vergangenheit oder umgab sie mit dem rosaroten Glanz der geschönten Erinnerung.

Diese Hektik, der überbordende Egoismus, die verschwindende Empathie, das Mobbing, die stete Bereitschaft über alles und jeden herzufallen, der nicht ins Schema, zur eigenen Meinung oder in die passende Gruppe fiel. Diese Aggressivität in Worten oder auch Taten, diese Ungeduld, Intoleranz und beinahe jeglicher Mangel an Respekt, Manieren oder Verständnis. – Dies alles im realen Leben und im virtuellen erst recht.

Sie war nicht zu alt gewesen, um den Umgang mit PC, Laptop oder Smartphone zu lernen, im Gegenteil, das Ganze hatte ihr Spaß gemacht, ihr neue Welten des Wissens, Entdeckens und der Kommunikation eröffnet. Doch die Grenzen der Wahrheit, der Desinformation, der Lüge waren in all den Bits und Bytes verschwommen, wenn nicht sogar verschwunden.

Und warum es ‚Social Media‘ hieß, hatte sie nie verstanden, denn es gab kaum Unsozialeres als in den allseits bekannten Sozialen Netzwerken.

Bedauernd schüttelte sie den Kopf. Sie würde es weder ändern können, noch hätte sie Einfluss in irgendeiner Form. Nicht einmal in den kleinen Gruppen, deren Mitglied sie geworden war, in der Hoffnung, für ihre schriftstellerischen Ergüsse eine Werbeplattform oder Unterstützung zu finden. Ihre Bücher waren fast untergegangen, fanden nur eine verschwindend kleine Anzahl an Leseinteressierten.

Sie sei ein Nischenprodukt, schriebe nicht Mainstream oder sei bloß eine Hobbyautorin. Sie wäre nicht professionell, ihre Cover seien laienhaft und ihr Schreibstil antiquiert, nicht modern genug und vom Inhalt sprach man erst gar nicht, weil sich die Kritisierenden ein Lesen des kompletten Inhaltes ersparten. Sonst hätten sie womöglich zugeben müssen, dass die Romane und Geschichten doch unterhaltsam, packend, aufrüttelnd oder nachdenklich waren.

Irgendwann hatte sie es aufgegeben, als Self-Publisherin aufzutreten und schrieb nur mehr für sich, was ihr gerade in den Sinn kam, ob Gedicht, Märchen, historische Erzählung oder Best-Age-Geschichte, sogar an einem Krimi hatte sie sich versucht. Teils hob sie ihre gedanklichen Schöpfungen auf Papier auf, teils in digitaler Form auf Festplatte bzw. USB-Stick. Das alles würde nach ihr im Reißwolf, im Müll landen. Keiner, der sich dafür interessierte oder ihr Werk, Gott bewahre, für die Nachwelt erhalten wollte.

Ihre Schultern sanken herab, Traurigkeit wollte sie überwältigen und Resignation niederdrücken. Nein, nur nicht weiter darüber nachdenken.

Im Wohnzimmer angelangt, strich sie zärtlich und mit einem stolzen Lächeln über die mehr als ein Dutzend Buchrücken, die ihren Namen respektive ihr Pseudonym als Autorin aufwiesen. Wenigstens diese waren dank der Publikation bei BoD (Books on Demand) durch die deutsche Nationalbibliothek in deren Nationalbibliografie verzeichnet. Immerhin etwas, das von ihr blieb.

Ihr Blick schweifte über die unzähligen Bücher, wunderschöne Bildbände, Reiseführer, Appetit auslösende Kochbücher, Berge an von ihrem Gatten so geliebten Krimis und etliche von ihr bevorzugte historische Liebesromane. Der Rest ihrer Lesewut befand sich auf ihrem E-Reader.

Dann blieb ihr Blick an jener Vitrine hängen, die nicht das zumeist unbenutzte Kristall, sondern die Memorabilia ihrer Ehe beherbergte. Sektkorken mit

Datum, gegenseitig geschrieben Briefe und Billetts, Eintrittskarten, Schlüsselanhänger, so mancher Talisman, Motiv-Tassen, eingetrocknete Zucker- und Marzipanfiguren. – Ein Sammelsurium der greifbaren Erinnerung, genauso wie die Laden voller Fotos und Videos.

Und das nicht fassbare Andenken war in ihrem Kopf, in ihrem Herzen und ihrer Seele vergraben.

Ihr Gatte, Gefährte für einige Jahrzehnte, sein Lachen, seine Brummigkeit, typische Gesten, besondere Eigenheiten, bestimmte Sprüche wie ‚Alles der Ruhe nach‘, entstanden in seiner Aphasie nach seinem Schlaganfall. Oft in seiner eigenen geistigen Welt verloren, trockener Humor, Neugierde, Gedanken zu gleicher Zeit geäußert, großer Erfahrungsschatz, Fürsorglichkeit und Bemühen um sie und alle ihre sie begleitenden Vierbeiner.

Aber auch Unfähigkeit, Zärtlichkeit zu empfangen oder zu geben und mangelnde Leidenschaft. Letzteres eine uneben und schlecht verheilte Wunde, die all ihre Träume und Sehnsüchte als Frau in sich verschlossen hatte. Und die ominösen 3 Worte ‚Ich liebe dich‘ hatte sie nie explizit gehört.

Vorbei, auch das vorbei.

War ihr Leben einst wie eine Autobahn so breit gestartet, wurde es langsam zu einer Schnellstraße, dann Bundes- bzw. Landesstraße, um schließlich in eine Gasse und jetzt einen Weg zu münden. Einen, der immer schmaler, mühsamer, steiniger und einsamer wurde.

Nein, nicht nachdenken, nicht grübeln. Auf den Tag fokussieren.

Später Nachmittag, fast schon Abend, was tun? Zögerlich ging Helga zur Stereo-Anlage, steckte den USB-Stick mit den gespeicherten Weihnachtsliedern in verschiedenen instrumentalen Versionen hinein und drückte auf Start. Mehrere Stunden würden nun einen Soundteppich an Christmas-Songs im Haus ausbreiten, wobei die der Celtic Art am lieblichsten klangen.

Hunger hatte sie noch nicht, also suchte sie einige für Advent und das Fest von Christi Geburt geschriebene Bücher heraus und setzte sich auf die große Couch. Unwohl rutschte sie hin und her, bis sie sich entschlossen der Länge nach hinlegte, den Kopf auf zwei großen Kissen abgestützt. Es war ja keiner da, der sie tadeln könnte, weil sie so undamenhaft herumlanzelte (herumlag). – Himmel, verließen einen nie die mütterlichen Ermahnungen im Kopf?

Damals wohl nicht grundlos, hatte sie doch am Hl. Abend stets ein Festtagsgewand anziehen müssen. Sie erinnerte sich an blaue Samtkleidchen mit weißem Spitzenkragen oder mit Lurex durchwirkte Fetzen, die abscheulich auf der Haut kratzten. ‚Schönheit muss leiden' kam als lapidare Antwort, wenn sie sich beklagte. So hatte sie kleinlaut still gehalten, da auch ihre Mutter die feierlich anmutende Kleidung ertrug und selbst ihr Vater stets im elegantesten Anzug mit weißem Hemd und Seidenkrawatte daher kam. Selbst ihre Oma hatte ihr mit silbernen Ranken besticktes Dunkelblaues an und sogar ihr Opa, sonst nur im Blaumann anzutreffen, trug eine dunkelgraue Hose mit dezent kariertem Hemd, Krawatte und Weste.

Unvermittelt rollten Bildersequenzen an ihr vorbei. Herrlich nach Wald duftende Tannenbäume, vom Boden bis zur Decke reichend, geschmückt mit Kugeln, Glocken, Tropfen oder Zapfen, groß oder klein, in Gold und Silber mit gleichfarbigen Splittern oder weißem Staub verziert. Dazu noch diverse Glasfiguren, vom Auto, über Vögel und Häuschen, bis hin zu Schneemännern. Als Füllung dazwischen kleine Schokostückchen in Stanniol gepackt und weißem Bonbonwickelpapier eingerollt, dann noch Schokoschirmchen, bunte Nougatkugeln und zerbrechliche Windringe. Zum Abschluss reichlich Lametta über die Zweige drapiert und zig silberfarbige Halter mit weißen Christbaumkerzen aufgesteckt.

Und sobald das kleine Glöckchen so lieblich läutete, erstrahlte die Pracht in ihrem ganzen Glanz und erwärmte das Zimmer zu hochsommerlichen Temperaturen. Aber egal, es wurden beherzt Lieder gemeinsam gesungen und dann noch den perfekten Tönen der Wiener Sängerknaben von der Platte gelauscht.

Heute undenkbar, bei all den LED's, gestreamten Songs, downgeloadeten Liedern, den Patchwork- oder gar nicht mehr Familien, dem Drang, alles Althergebrachte zu negieren und jede Tradition zu leugnen. Kein Halt mehr, dafür alternative Verlockungen oder Flucht in virtuelle Welten.

Helga schüttelte den Kopf. Nein, nicht so pessimistisch die Umwelt sehen. Lieber jetzt in die Küche marschieren und ihr Festessen verspeisen. Ihre

Heimhilfen hatten nach vorigen Menüs gefragt und interessiert ihren Erzählungen gelauscht: Der Schilderung von gefüllten Truthähnen mit glasierten Früchten, gebratenen Lachsforellen, die wegen ihrer Größe nur quer im Ofen Platz fanden bis hin zu Malakoff-Torten oder Bananenschnitten. Dem Bericht von üppigen Schinken-, Wurst- und Fleischplatten, dekorativ angeordneten Käsetellern, gefüllten Schinken- und Lachsrollen oder Wursttorten, deren bunt gestaltete Oberseite appetitlich aus dem Gelee leuchtete. Kräutersauce, Mayonnaise-Salat oder Oberskren je nach Wunsch dazu gereicht.

Ein gequältes Lachen entkam ihr. Heute könnte sie einen winzigen Bruchteil davon nur mehr essen bzw. vertragen.

Trotzdem wickelte sie voller Vorfreude die Folie von dem großen Teller. Tatsächlich, Jana hatte ihr zwei dünne Pressschinkenscheiben mit Kräuter-Gervais und zwei mit selbst gemachter Gemüsemayonnaise vorbereitet, alles mit Cocktailtomaten, harten Eiern und ein wenig Krauspetersilie garniert. Zwei Mini-Baguettes rundeten das Angebot ab. Und in der kleinen Schüssel daneben blinzelte sie ein köstlich riechendes Tiramisu an, das obenauf mit einer Glocke verziert war, die ihr in Schokoschrift ‚Frohe Weihnachten‘ wünschte.

Herrjemine, wie bemüht ihre beiden Heimhilfen um sie waren, wie besorgt und voller Empathie! Dabei hatte sie die Unterstützung, die ihr ihre Nachbarin bis zum Überdruss einredete, ursprünglich gar nicht gewollt, hatte sich gegen die Idee gesträubt. Sie gehörte doch nicht zu den gebrechlichen Alten, konnte alles in Haus und Garten selbst erledigen.

Doch nun musste sie zerknirscht einräumen, dass die helfenden Hände der jüngeren Frauen erleichternd, bequem und praktisch waren. Kein mühsames Klettern auf Leitern mehr, kein Putzen bis zum Überdruss, kein Bügeln bis zum Umfallen, kein Kriechen unter Bäumen und Sträuchern, kein Raufen mit Matratze oder Bettzeug. Na ja, und Plaudereien gab es noch obendrein. Sicher, keine tiefsinnigen oder Geist anregenden Gespräche, aber immerhin mehr als Schweigen den ganzen Tag lang.

Hätte sie Kinder, würden diese ihr vielleicht beistehen oder auch nicht. Müßig drüber zu grübeln, es hatte nicht sollen sein. Vertane Chancen, vergangene Möglichkeiten, vorbei, alles vorbei.

Dann griff sie beherzt zu einem Cocktailglas, schenkte sich einen süßen Sherry ein und leerte genüsslich den Inhalt in einem einzigen Zug.

‚Aaah, weg ihr destruktiven Gedanken‘, murmelte sie und begann ihr Mahl zu genießen, Bissen um Bissen, ganz bewusst. Voller Übermut gönnte sie sich zwei Piccolo-Flaschen Prosecco dazu. Das Dessert nahm sie mit ins Wohnzimmer, zusammen mit dem Sherry. Das würde sie neben dem Lesen langsam verspeisen.

Sie schmökerte durch die Seiten, Gedicht um Gedicht, Geschichte um Geschichte, besinnlich, erheiternd, lehrreich, traurig. Und dann blieb sie hängen an der Überlieferung, dass in der Hl. Nacht die Tiere sprechen könnten.

‚Würden sie?‘, fragte sie in den leeren Raum und trank ihr nächstes Glas aus. Es war ihr so beschwingt zumute, so warm, so leicht. ‚Oder vielleicht bin ich auch nur beschwipst?‘, lachte sie verhalten und legte die Bücher beiseite. Ein Seitenblick verriet ihr, dass es weit nach 23 Uhr war.

Sie zündete doch an jedem Weihnachtsfest eine Kerze in den sieben Laternen ihrer verstorbenen Hunde an. Das hatte sie doch glatt heute vergessen, bis jetzt.

Nein, das durfte nicht sein. Es schneite oder regnete nicht, es war bewölkt, windstill und ein wenig kalt. Perfekt, um zu ihren Lieblingen zu gehen.

Sie zog ihre wattierten Gartenschuhe an, schlüpfte in ihren Woll-Poncho und suchte Kerzen und Feuerzeug zusammen. Mehrere Klick-Versuche, doch das Gas betriebene Ding sprühte nur Funken und sprang nicht wirklich an. ‚Du ärgerst mich nicht!‘, schimpfte sie und machte sich auf die Suche nach dem Karton mit den Zündhölzern. In der Werkstatt wurde sie fündig.

‚Wunderbar‘, murmelte sie und betrachtete zufrieden etliche Schachteln mit den üblichen kleinen Streichhölzern und einige mit größeren und sogar ganz großen zum Kamin-Anzünden. Sie schnappte ihre Beute, klemmte sich auch die Sherry-Flasche unter den Arm und stapfte in die Nacht hinaus.

Normalerweise würde sie jedes Grab ihrer bellenden Kinder mit einer Laterne samt brennender Kerze versehen, doch heute Nacht wollte sie bei ihnen sein, um sie zu treffen und sie sprechen zu hören. Sie setzte sich auf die Bank, die neben den Gedenksteinen stand, stellte die sieben Laternen im Halbkreis auf. Plötzlich hatte sie noch eine Idee, eilte in den Schuppen und holte einen mit Sand gefüllten Blumentopf herbei. Darin versenkte sie die übergroßen, gut vierzig Zentimeter langen Zündhölzer. Sie wollte ihre Lieblinge gut sehen können, um sich jede Minute einzuprägen.

Als sie alle Kerzen entzündet hatte und auch die langen Feuerspäne brannten, plumpste sie auf die metallene Sitzfläche. Tief atmete sie die Nachtluft ein, betrachtete ihren so geliebten Garten im Halbdunkel, bis dorthin, wo die Schatten schwarz wurden.

Dann griff sie zur neben ihr stehenden Flasche, nahm einen großzügigen Schluck, dann noch einen und prostete mit einer weit ausholenden Handbewegung ihrer Umgebung zu: „Frohe Weihnachten euch allen!“

Schließlich lehnte sie sich bequem zurück, die Lider waren plötzlich so schwer. Unvermittelt schloss sie die Augen und ließ ihren Kopf leer werden.

Da spürte sie mit einem Mal Fell an ihren Beinen und Pfoten auf ihrem Schoß, ihren Schenkeln und ihren Unterarmen. Feuchte, warme Schnauzen stupsten sie an, reckten sich zum Küsschen-Geben zu ihren Wangen empor, sowie wie sie es ihnen zeit ihres Lebens beigebracht hatte.

‚Liebe Mama, unsere Futtermami, heißgeliebtes Frauli‘, klang es ihr entgegen. ‚Wir haben dich so vermisst, du hast uns so gefehlt‘, flüsterten die Stimmen im Chor.

Tränen liefen über ihre Wangen, versickerten im Stoff an ihrem Hals und wurden abgelöst von schierer Freude.

Alles in ihr kam zur Ruhe, Herz, Seele und Verstand in einer einzigartigen Harmonie, die sie wärmte, mit Leichtigkeit erfüllte, ja beinahe schweben ließ. Sie grub ihre Finger in flauschigen Pelz und versenkte ihr Gesicht in weichem Fell.

Es war die Wahrheit: Tiere konnten in der Hl. Nacht sprechen. Die Gewissheit schenkte ihr Zufriedenheit und Glück, überzog ihre Züge mit einem seligen Lächeln.

Sie war nicht mehr allein, ihre Lieben waren bei ihr, umringten sie, stützten, ja trugen sie über die Brücke hinauf in die Helligkeit, den Frieden und die Liebe über ihr.

„Ich verstehe das nicht. Helga war gestern doch noch gesund, wollte den Hl. Abend gemütlich verbringen, winkte mir noch nach....“, schluchzend verstummte Jana und sah den neben ihr stehenden Polizisten hilfesuchend an.

Dieser zog voller Unbehagen die Schultern hoch, schrieb ungelenk einige Notizen in sein Heft und starrte auf den eingetroffenen Notarzt, der, noch auf den Knien, lapidar über die Schulter blickend meinte: „Das Herz ziemlich sicher, dann die Kälte die ganze Nacht über..“, bedauernd schüttelte er den Kopf, „da ist nichts mehr zu machen, schon seit Stunden nicht.“

Dann richtete er sich auf: „Ich verständige gleich die Bestattung.“

Schritte näherten sich zögernd über das mit Raureif bedeckte Gras. Dariya war eingetroffen und trat zu der erschüttert wirkenden Gruppe, ihren Sohn im Schlepptau, den sie nicht allein zu Hause lassen konnte. Unbeholfen schob sie ihn hinter sich und versperrte ihm die Sicht.

Nach einem bestürzten Blick auf Helga begann sie zu weinen, griff nach Jana und beide Heimhilfen schluchzten bitterlich, sich einander in den Armen haltend.

„Warum sie?“, flüsterte die eine.

„Noch dazu zu Weihnachten.“, erwiderte die andere.

Schreck, Unfassbarkeit und echte Traurigkeit lagen auf ihren Mienen.

Arzt und Polizist verschwanden leise und unbemerkt, als der kleine Junge beharrlich am Ärmel seiner Mutter zupfte, so lange, bis sie sich zu ihm beugte.

„Aber Mama, warum seid ihr alle so schockiert und traurig? Schau dir doch die alte Frau an, wie sie glücklich lächelt.“

Eine Liebe in Paris

https://de.wikipedia.org/wiki/Paris

https://de.wikipedia.org/wiki/Bataclan

https://de.wikipedia.org/wiki/Schloss_Schönbrunn

Muira's Tales

https://www.sagen.at/texte/maerchen/maerchen_irland/m
aerchen_irland.htm

Muira (MUHra), vom Gälischen muir „Moor", vom Alt-
Irischen muir „Meer"

Kylan (KI-len, KEI-len): vermutlich keltischen oder
altirischen Ursprungs, „schlank, eng"

Olc Tonnta: olc = böse auf Gälisch, tonnta = Wellen auf
Gälisch

Aeryn (ER-in): Keltisch-Irisch, Tochter Irlands

Cian (KI-jan), Irisch-Gälisch „alt"

O'Donnell: ein altes ursprünglich irisches Adelsgeschlecht,

https://de.wikipedia.org/wiki/O%E2%80%99Donell_von_T
yrconell

Kilmallok: https://de.wikipedia.org/wiki/Kilmallock

Knockfierna:

https://www.theirishroadtrip.com/knockfierna-walk/

See Corrib: https://de.wikipedia.org/wiki/Lough_Corrib
Connaire (KON-är): Irisch-Gälisch, vom Namen
Conchobhar, der vermutlich ‚Liebhaber von Hunden‘ oder
‚Liebhaber von Wölfen‘ bedeutet und für „Jäger“ steht
Mairin (MA-rin): Gälische Form von Mary/Maria, „bitter“
Feargach (FIR-gatsch): Irisch, „wütend“
https://daracha.de/daracha/namen/

Die verschwundene Zeit

Lucy: ist die englische Kurzform von Lucia und bedeutet
„die Strahlende“ und „die Leuchtende“. Es kommt aus dem
Lateinischen und geht auf das Wort „lux“ zurück, welches
übersetzt „das Licht“ bedeutet.
https://www.vorname.com/name,Lucy.html

**Mairead – Das Mädchen, dessen Name ‚Die Perle‘
bedeutet**

Mairead (MAI-ret), Perle, gälische Form von Margarete
https://de.wikipedia.org/wiki/Margarete
https://de.wikipedia.org/wiki/Grand_Canyon
https://de.wikipedia.org/wiki/Arches-Nationalpark
https://de.wikipedia.org/wiki/Bryce-Canyon-Nationalpark

Die alte Frau mit den Zündhölzern

https://de.wikipedia.org/wiki/Jana_(Vorname)
Jana: Es handelt sich um die ursprünglich slawische
Variante von Johanna („der HERR ist gnädig“
https://de.wikipedia.org/wiki/Darya_(Vorname)

Dariya: Der weibliche ukrainische Vorname ist eine
Variante des Namens Daria. Der persische Name bedeutet
„See, Ozean“.
https://de.wikipedia.org/wiki/Sozial
https://de.wikipedia.org/wiki/Soziale_Medien
Legende von den sprechenden Tieren:
https://www.tjv.at/wp-content/uploads/2014/07/KAP-12-
Weihnachtsfabel-der-Tiere.pdf
https://www.gut-aiderbichl.com/stories/am-heiligen-
abend-sprechen-die-tiere/

Danke!
Thank You!

*Für alle Informationen, Vorlagen und Bilder, sowohl im Text
als auch auf dem Cover, geht mein Dankeschön an:*

https://de.wikipedia.org/
https://pixabay.com/
https://www.pexels.com/
https://de.freepik.com/
https://www.fontsquirrel.com/
https://tineye.com/

Liebe Leserinnen und liebe Leser,

danke, dass Sie mein Buch bis zum Ende gelesen haben.

Hat es Ihnen gefallen? Konnte die Geschichte Sie berühren?

Wenn ja, dann würde ich mich sehr über eine Rezension von Ihnen auf einer der üblichen Plattformen freuen.

Seien es auch nur zwei, drei Sätze. Ihre positive Rückmeldung, womöglich Ihr Lob oder Ihre Begeisterung sind wie der Applaus am Ende des Stückes für den Schauspieler.

Sie geben damit eine Belohnung für wochenlange Arbeit und gleichzeitig einen Ansporn für das nächste Projekt.

Vielleicht möchten Sie mir noch zusätzlich Feedback geben?

Dann freue ich mich darauf, von Ihnen auf Facebook, Instagram, meiner Homepage oder meinem Blog zu lesen.

Sind Sie bis jetzt meinen Büchern gefolgt, dann würde ich mich auch weiter über Ihre Treue freuen.

Sobald es Neues zu berichten gibt, teile ich die Nachricht oder den Hinweis auf meiner Homepage www.helenmarierosenits.at, auf meinem Blog http://helenmarierosenits.blogspot.com, auf den Plattformen Facebook und Instagram mit.

Bis dahin wünsche ich Ihnen viel Freude im Leben, wenig Stress, lesenswerte Lektüre und vor allem Gesundheit!

Mit lieben Grüßen
Helen Marie Rosenits

Hinweis

Dieses Buch gibt es nicht nur als Print (bestellbar bei jeder Buchverkaufsplattform oder mittels ISBN über das VLB bei jedem lokalen Buchhändler), sondern auch als E-Book auf allen bekannten Plattformen.

Danksagung

Mein herzliches Dankeschön geht zuerst an meinen Mann, der mit sehr viel Geduld und Hilfsbereitschaft meinen Weg des Schreibens begleitet.

Vor allem aber möchte ich meinem geschätzten Gymnasialprofessor, meinem werten Herrn Hofrat, ganz besonders danken – für seine nimmermüde Bereitschaft, mich mit gerechter Kritik anzuspornen, mir unzählige Vorschläge zur inhaltlichen Optimierung zu unterbreiten und meine schriftlichen Ergüsse einer umfassenden Korrektur zu unterziehen.

Zudem ist es mir ein besonderes Bedürfnis, all meinen Freundinnen/Freunden und Bekannten, egal ob im realen Leben oder bloß auf virtueller Ebene, von Herzen zu danken – für ihren Zuspruch, ihre Ermutigung, ihr Mitgefühl und ihre Unterstützung in meinem Leben.

Ihr gebt mir Kraft, macht mir Mut und wärmt mein Herz.

GESCHICHTEN

REALITÄT UND FANTASIE

Weitere Bücher der Autorin

Hannas Geschichte Teil 1: Wie alles beginnt. – Behütete Kindheit, zwiespältige Jugend, erste große Liebe, Pflichtbewusstsein, Auflehnung und eigener Weg, Herausforderungen und Schicksalsschläge. – Bis ein Herzinfarkt das gewohnte Leben abrupt zum Stillstand bringt und Hanna zum Nachdenken zwingt. Sie arbeitet ihre Vergangenheit schreibend auf und findet sich plötzlich erst recht neuen Ereignissen gegenüber.

ISBN 9783758304668

Hannas Geschichte Teil 2: Mit ihrem Manuskript macht sie sich auf den Weg, einen Verlag zu finden. Nachsichtig von ihrem Mann Bernhard auf ihrem Selbstfindungstrip unterstützt, wird Hanna zum Aushängeschild eines jungen, auf Best Ager fokussierten Verlages. Paul Santner, ein weiterer Autor der Edition, nimmt sich der Newcomerin an. Als Hanna für den Erfolg ihres Romans als Geschenk eine Einladung zu einer Reise erhält, beginnt das Karussell des Schicksals sich erneut zu drehen.

ISBN 9783758304873

Hannas Geschichte Teil 3: Erleichtert sieht Hanna positiv in ihre Zukunft. Doch ein Geständnis zu Weihnachten und eine unerwartete Entdeckung sind nur zwei von mehreren Stolpersteinen auf ihrem neuen Weg, den sie längst schon unbemerkt beschritten hat. Zu ihrer eigenen Zufriedenheit hin, aber auch zu ihrem persönlichen Glück?

ISBN 9783758305719

Zum Ende der Besatzungszeit verliebt sich die junge Wienerin Luzia in den englischen Offizier Ryan, doch widrige Umstände trennen sie.

Fast 60 Jahre später entdeckt ihre Tochter Grazia ein Tagebuch, das die gewohnte Welt zusammenstürzen lässt.

Die enthüllte Wahrheit treibt sie auf einen Weg, der nicht nur die Bruchstücke ihres bisherigen Daseins neu aneinander fügt, sondern ihrem Leben eine neue Richtung, ein neues Ziel weist.

Wird die Gegenwart erlauben, was die Vergangenheit verweigert hat, nämlich Liebe und Glück?

ISBN 9783758307164

Schwerer Unfall und karitative Tätigkeit, Spitzenmanager und pensionierte Juristin.

Zwei Umlaufbahnen kollidieren auf beengtem Raum und für begrenzte Zeit.

Können zwei starke Charaktere zueinander finden? Und mit 55plus noch Träume wahr werden?

ISBN 9783758307140

Sie: zählt zur Risikogruppe

Er: ist im Home-Office gefangen

Zwei Häuser nebeneinander, die Menschen darin unbekannt.

Das Karussell des Lebens bleibt abrupt stehen.

Ist die Krise ihre Chance?

Wenn Amor mit genügend Pfeilen bestückt ist, kann auch die Liebe selbst in Zeiten von Corona eine unwiderstehliche Option sein.

ISBN 9783757851842

Marie ist das einzige Kind der Familie, streng erzogen und doch die verwöhnte Prinzessin, – bis ein tiefgreifendes Ereignis ihr ganzes Leben verändert.

Alexander ist Primar, Honorar-Professor und mit eigener Facharztpraxis Teil des Establishments. Sein Vermögen hilft ihm, die süßen Seiten des Daseins zu genießen. – Ein Unfall verknüpft das Leben der beiden und wirbelt es durcheinander. – Der Alltag beginnt zu bröckeln und die eigenen Wurzeln werden hinterfragt.

Ist alles auf Sand gebaut? Kann in dieser Zeit des Wandels die Liebe der Anker sein?

ISBN 9783758307133

Eine canine Biografie

Momo und Elfe erzählen aus ihrem Alltag, von ihren Erlebnissen und ihren Gedanken. Die Autorin ist bloß ihre Ghostwriterin und steuert viele Fotos bei.

ISBN 9783758305252

Funktionieren ist alles! Zwei Fremde, die an ihre Grenzen stoßen.

Fremdgesteuert, marionettenhaft, unglücklich!

Für ihr Umfeld perfekt.

Bis der Körper NEIN schreit. Und das Herz die Hoffnung sucht.

ISBN 9783758305818

Gesammelte Texte

in Prosa und Poesie aus über fünfzig Lebensjahren

ISBN 9783758306174

Darragh O'Leary, nicht der Erbe und doch voller Ideen für das Handelshaus seines Vaters. Als unerwünscht abgetan, trifft er im Park auf Caitlin, ein unscheinbares, junges Mädchen. Die schwierige Nachkriegszeit trennt die beiden, doch Darragh kann ihre himmelblauen Augen nicht vergessen.

erscheint 2024